수상한 옆집

수상한 옆집

박현숙 글 | 유영주 그림

북멘토

차례

고모 집으로

"나이가 먹어도 변하지 않는군."

할머니가 거실을 휘 둘러보며 혀를 끌끌 찼다.

"여진이 너를 여기다 혼자 두고 가는 게 마음이 많이 아프기는 혀. 아침 점심 저녁 제대로 밥이나 먹을 수 있을는지……."

할머니가 안타까움이 가득 찬 눈으로 나를 바라봤다.

"괜찮아요. 아파트 상가에 빵집도 있을 거고 편의점도 있을 텐데요, 뭐."

"편의점에서 삼각 김밥이나 라면을 사 먹으려고? 그건 아니지. 식당을 찾아 제대로 된 밥을 먹어야지. 아이고 참, 걱정이다. 걱정."

"그래도 이번에는 새 아파트라서 바퀴벌레는 없겠네요. 예전에 살던 아파트에는 바퀴벌레가 바글바글했거든요. 바퀴벌레를 키웠다고 말할 수 있지요."

나는 예전에 고모 집에서 지냈던 여름 방학을 떠올렸다. 그때 고모가 살던 아파트는 오래된 아파트였다.

"바글바글?"

할머니 얼굴이 일그러졌다. 순간 아차 싶었다. 바퀴벌레 이야기는 공연히 한 거 같다. 할머니가 고모한테 한 마디라도 하면 곤란하다. 방학 동안 고모 집에서 보내야 하는데 집주인에게 미움을 받으면 나만 손해다.

"하지만 뭐, 바퀴벌레는 밤에만 나타났기 때문에 괜찮았어요."

나는 할머니 눈치를 봤다. 솔직히 말하면 전혀 괜찮지 않았다. 불을 끄면 바스락바스락, 뽈뽈뽈, 바퀴벌레들이 움직이는 소리가 들렸다. 그 소리는 정말 끔찍했다.

"내가 그냥 여행을 포기해야 하나?"

"아니에요, 할머니."

나는 펄쩍 뛰었다. 이번 여행은 할머니의 인생 여행이

다. 할머니는 수십 년 전부터 세계여행을 꿈꿨다고 한다.
언젠가는 그 꿈을 이뤄야지, 이뤄야지, 결심하고 다짐했다
고 한다. 할머니가 그런 꿈을 가지고 있는 건 아무도 몰랐
다. 그런데 작년 할머니 생일 파티에서 할머니가 그랬다.

"건강하게 걸어다닐 수 있을 때 여행을 가야 되는디."

무심코 던진 할머니 말에 할머니의 꿈을 알게 되었고 아
빠가 약속했다. 내년 할머니 생일 선물은 여행이라고. 아
빠는 비록 세계여행은 아니지만 유럽을 한 바퀴 돌고 오는
여행을 계획했다.

"여진이 학교 때문에 방학 때 여행을 해야겠네? 나도 여행 경비를 보낼 테니까 오빠랑 새언니가 엄마 모시고 다녀와. 여진이는 방학 동안 우리 집에 와 있으면 돼."

아빠 계획에 고모가 한 숟가락 보탰다. 그렇게 해서 할머니는 수십 년 동안 마음속에 끌어안고 있던 꿈을 이루게 된 것이다.

"온 김에 대청소 좀 하고 가야겠다."

할머니는 청소를 시작했다. 거실 바닥에는 과자 부스러기가 가득했고 주방 바닥은 끈적거렸다. 욕실 바닥에는 머리카락이 가득했다.

"이 머리카락만 모아도 가발 하나는 만들겠다. 내 딸이지만 지저분해도 너무 지저분하구먼. 대체 누굴 닮았는지……. 나는 이런 지저분한 꼴은 절대 못 보는 성격인디 말이여. 하긴 누구를 닮기는 누구를 닮았겄어. 아버지를 꼭 닮았구먼. 여진이 너희 할아버지가 다른 건 다 좋은디 좀 지저분했지."

할머니는 할아버지를 기억하는 듯 잠시 손을 멈추고 허공을 바라봤다. 그러더니 찡그린 얼굴로 고개를 절레절레 저었다. 청소가 끝난 후 할머니는 또 밥 걱정을 한 보따리 풀어놓은 다음 돌아갔다.

- 짐 정리하고 먼저 자.

아홉 시가 조금 넘어서 고모에게 문자가 왔다. 고모답다. 왜 늦는지, 몇 시쯤 돌아올 건지 설명하지 않았다.

아침에 일어났을 때 고모는 소파에 누워 있었다. 이불로 얼굴을 덮었는데 긴 머리카락은 소파 밑으로 내려와 있었다. 얼핏 보면 귀신 같았다.

"나여진 일어났니?"

고모가 이불을 덮은 채 물었다.

"식탁 위에 떡볶이 사다 놓은 거 있거든. 아침으로 먹어. 가스레인지는 위험하니까 쓰지 말고 전자레인지를 써. 알았지? 하루 종일 혼자 집에 있어야 하는데 심심하다고 해서 밖에 나가 쓸데없이 돌아다니지 마. 혼자 다니는 거 그거, 위험한 거 알지?"

고모가 천천히 얼굴에 뒤집어쓴 이불을 내렸다.

"헉."

나는 고모 얼굴을 보고 소스라치게 놀랐다. 눈 부분이 판다 곰 같았다.

"내 얼굴에 뭐 묻었어? 왜 그렇게 놀라?"

고모가 손을 뻗어 휴대폰을 집어 들더니, 카메라를 켜고 얼굴을 들여다봤다.

"어제 내 나름대로 좀 중요한 일이 있어서 안 하던 눈 화장을 좀 진하게 했거든. 밤에 얼마나 피곤한지 씻지 않고 잤더니 눈 화장이 번졌네. 판다 같다."

고모는 눈을 쓱쓱 문질렀다.

"그나저나 나여진 너, 한 달 동안 뭘 하면 좋을까? 너희 엄마는 가까운 영어 학원이랑 수학 학원에 한 달 동안 보내라고 자꾸 그러는데 여진이 네 생각은 어때?"

"아, 아니에요. 한 달 동안 뭘 할 건지 제가 스스로 알아서 할게요."

나는 고개를 세차게 저었다. 낯선 동네에서 낯선 학원에 다니며 낯선 아이들과 한 달을 보내고 싶지는 않았다.

"스스로 알아서? 방학 동안 자유를 얻고 싶다, 이거지?

그래, 좋아. 나여진 너는 야무진 면이 있으니까 믿지. 하지만 위험한 행동은 절대 하지 않기로 약속은 해야 해. 나는 한 달 동안 네 보호자거든. 여진이 너는 다 좋은데 호기심이 발동하면 아무도 못 말리거든."

"약속해요. 절대! 저얼대! 위험한 행동은 하지 않을게요. 이번 방학에는 호기심 같은 건 발동시키지 않을게요. 믿어도 돼요."

"좋아."

고모는 시원스럽게 대답했다.

고모는 자리에서 벌떡 일어나 욕실로 가서 바람처럼 빠르게 씻고 나왔다. 그러고는 바람처럼 빠르게 준비를 하고 출근을 했다.

쾅!

고모가 현관문을 닫고 나간 뒤 나는 집 안을 둘러봤다. 한바탕 전쟁이 지나간 자리 같았다. 나는 소파에 있는 이불을 정리하고 욕실 입구에 나뒹구는 수건을 세탁기 안에 넣었다. 아무렇게나 던져져 있는 화장품을 화장대에 정리하고 청소기를 돌렸다. 그런 다음 딱딱해진 떡볶이를 그릇에

옮겨 담아 전자레인지에 돌렸다. 떡볶이를 먹으며 텔레비전을 보고 있을 때 휴대폰이 울렸다. 엄마였다.

"여진아, 엄마 아빠는 지금 할머니 모시고 공항으로 가거든. 고모 말 잘 듣고 위험한 행동은 절대 하지 마. 아휴, 학원을 두어 곳 보내면 딱 좋겠는데……."

"아이고 참 나 원, 여진이가 알아서 하겠지. 그만 좀 걱정해라. 걱정을 하려면 먹을 거 걱정이나 하든가. 밥 사 먹으라고 돈은 충분히 준 거지?"

할머니 목소리가 들렸다.

"제가 카드 하나 주고 왔어요. 밥 사 먹을 때 쓰라고. 그 집에서는 밥 얻어먹기 어려울 거 같아서."

아빠 목소리도 들렸다. 엄마는 시간 날 때마다 문자를 하겠다고 말하고는 전화를 끊었다. 엄마 목소리가 사라지자 잠시 세상이 멈춘 듯 고요해졌다.

"뭘 할까? 일단 밥을 사 먹을 식당이 어디 있는지 알아보는 게 중요하겠지."

나는 떡볶이를 마저 먹고 집에서 나와 곧장 아파트 상가로 갔다. 빵 가게가 있고 죽 가게도 있었다. 김밥 가게도 있었다. 크지는 않지만 마트도 있었다.

'먹을 거 걱정은 하지 않아도 되겠네. 어? 사진관이다.'

상가 건너편에 사진관이 있었다. 나는 미지를 떠올렸다. 네 컷 사진을 같이 찍자고 약속했는데 아직 그러질 못했다. 나는 뭐에 이끌리듯 길을 건너 사진관으로 향했다.

추억을 만드는 사진관

"오호?"

사진관에 들어서는 순간 눈이 휘둥그레졌다. 한쪽 벽면에는 여러 가지 소품들이 즐비했다. 색색의 모자와 가발 그리고 색색의 수염도 있었다. 한쪽 벽에는 네 컷 사진들이 가득 붙어 있었는데 포즈를 참고로 하라는 안내문이 있었다. 각각 다른 색깔의 조명이 있는 부스도 네 개가 있었다.

나는 챙이 넓은 검은 모자를 쓰고 덥수룩한 검은 수염을 턱에 붙였다. 그리고 검은 망토를 입었다. 이리 봐도 마술사 같고 저리 봐도 마술사 같았다.

나는 핑크색 조명이 있는 부스로 들어가려다 멈칫했다.

커튼 아래로 다리가 보였다. 다른 방으로 들어갈까 하다 핑크색 조명 부스에 있는 사람이 나오기를 기다리기로 했다. 하지만 아무리 기다려도 나오지 않았다. 나오기는커녕 그 사람이 신고 있는 흰 줄이 있는 빨간색 운동화는 바닥에 붙은 듯 꼼짝도 하지 않았다. 기다리다 지쳐 파란색 조명이 있는 부스에서 사진을 찍었다. 이런 포즈 저런 포즈 다 취하며 찍어도 마음에 쏙 드는 사진은 없었다.

'사진이 왜 이렇게 칙칙해? 이건 순전히 조명 탓이야. 검은색에는 핑크색이 어울리지.'

핑크 조명 부스에는 빨간 운동화를 신은 발이 아직도 있었다. 종아리 부분이 터질 듯 꽉 끼는 흰색 바지를 입은 걸로 봐서 아까 그 사람이 확실했다. 나는 그 사람이 나오기를 또 한참을 기다렸지만 여전히 흰색 줄이 있는 빨간색 운동화는 움직일 줄 몰랐다.

'대체 뭐 하는 거야?'

나는 핑크 조명 부스에서 사진 찍는 걸 포기하고 사진관에서 나왔다.

사진관

"저 운동화는?"

나는 아이스크림 먹던 입을 멈췄다. 편의점 밖으로 걸어
가는 운동화가 눈에 익었다. 종아리가 터질 듯 꽉 낀 흰 바
지도 눈에 익었다. 사진관 핑크 조명 부스에서 봤던 그 운
동화와 바지가 분명했다. 흰 줄이 있는 빨간 운동화를 신은
사람은 긴 머리가 허리까지 내려오는 여자였다. 바지는 종
아리가 쫙 붙었지만 티셔츠는 헐렁했다. 하도 헐렁해서 망
토를 입은 건 아닌가 착각이 들 정도였다. 얼핏 봤을 때 고
모와 비슷한 나이 같았다.

'지금 가서 사진 찍어야지.'

나는 편의점에서 나와 사진관으로 달려갔다. 사진관은

텅 비어 있었다.

나는 검은 모자를 쓰고 수염을 붙인 다음 망토를 입고 핑크 조명 부스로 들어갔다. 역시 내 생각이 맞았다. 핑크색 조명은 나를 그저 그런 마술사가 아니라 뭔가 대단한 능력이 있는 듯한 마술사로 변신시켜 주었다. 어떤 포즈를 취해도 마음에 쏙 드는 사진이 나왔다. 한참 후에 부스에서 나올 때였다.

"으으으아악!"

나는 세상이 터질 듯한 비명 소리에 심장이 멎는 줄 알았다. 웬 아이가 놀란 얼굴로 부스 앞에 서 있었다.

"야, 갑자기 나오면 어떻게 해? 놀랐잖아."

아이가 소리를 빽 질렀다. 나는 어이없었다. 나는 갑자기 나온 게 아니라 사진을 다 찍었으니까 나온 거다.

"아, 진짜 심장 떨어지는 줄 알았네."

아이가 짜증을 부렸다. 심장은 나도 떨어지는 줄 알았다. 나는 아이를 아래위로 한번 훑어보며 옆으로 비켜났다.

"사과 안 해?"

아이가 따지듯 말했다. 나는 다시 아이를 바라봤다.

"너 때문에 심장이 떨어지는 줄 알았다고 했잖아?"

아이가 얼굴을 있는 대로 구겼다. 놀랐다면 그건 좀 미안하긴 하다. 하지만 저렇게 인상을 써 가며 바락바락 따질 일은 아니다. 내가 일부러 그런 것도 아니고 나도 놀랐다. 나는 사진 부스는 들어가서 사진을 찍으라고 만들어 놓은 곳이고 사진을 다 찍었으면 밖으로 나오는 게 당연한 거라고 말하고 싶었다. 부스에서 나올 때 '지금 밖으로 나갑니다!' 이러고 말하고 나오는 사람은 없다는 말도 하고 싶었다. 하지만 내가 한 마디 하면 아이는 두 마디 하게 생겼다. 공연히 다툴 수도 있다. 그러고 싶지는 않았다.

"놀랐다면 미안해."

나는 소품들을 제자리에 놓으며 말했다.

"사과에 진심이 안 느껴지잖아?"

아이가 또 소리를 빽 질렀다.

"진심으로 미안해, 됐지?"

나는 얼굴을 찡그렸다. 아이는 잠시 나를 쏘아봤다.

"저승사자가 나타난 줄 알았네. 뭐야, 시커멓게 입고 사람 놀라게 하고."

그렇게 툭 하니 말을 던지고는 부스로 들어갔다.

'뭐 저런 애가 다 있어? 사과를 했는데 저런 식으로 말하다니.'

나는 기분이 나빴다. 한마디 할까 하다가 심호흡을 한 다음 사진관에서 나왔다.

'아이스크림이나 하나 더 먹어야겠다.'

기분 나쁘고 화가 날 때는 시원한 걸 먹는 게 최고다. 편의점에서 아이스크림을 사서 나오는데 저만큼 그 아이가 걸어오고 있었다.

'이 아파트에 사는 거야? 설마 고모 집이랑 같은 동은 아니겠지? 아니지, 아니지. 이런 불길한 생각은 하지 말자.'

나는 얼른 고개를 저어 그 생각을 털어 냈다. 상상만으로도 기분 별로였다.

나는 아이가 아파트 안으로 들어가고 나서도 한참 동안 상가를 서성거리다 집으로 돌아왔다. 그러고는 에어컨을 튼 다음 잠이 들었다. 잠에서 깼을 때는 점심시간이 훌쩍 지나 있었다. 낮잠을 자고 나서인지 별로 배가 고프지는 않았다. 하지만 할머니가 밥을 꼬박꼬박 챙겨 먹으라고 했었다. 비록 할머니가 앞에서 보고 있는 건 아니지만 할머니를 걱정시키고 싶지는 않았다. 나는 집에서 나왔다.

'오늘 점심은 김밥!'

나는 김밥집으로 갔다.

참치 김밥 한 줄을 시켜 창가 자리에 앉았다. 구름 한 점 없는 하늘이 한눈에 들어오는 자리였다. 김밥 하나를 입에 넣고 오래오래 씹으며 아까 찍은 사진을 미지에게 보냈다. 금방 미지에게 전화가 왔다.

"나여진, 뭐야? 너 혼자 사진 찍은 거야? 나랑 같이 찍기로 해 놓고 혼자 찍으면 어떻게 해?"

전화를 받자마자 미지는 따지듯 말했다.

"할 일이 없어서. 학교도 안 가고 학원도 안 다니니까 할 일이 없는 거 있지. 나중에 같이 찍자. 그런데 미지야, 오늘 좀 이상한 애 만났다. 아니다, 이걸 이상하다고 말하는 게 맞나?"

나는 미지에게 사진관에서 만났던 아이 이야기를 했다.

"이상한 아이 맞네. 왜 그렇게 민감하게 반응해? 솔직히 여진이 너도 같이 놀란 거잖아? 사과를 하려면 같이 해야지."

내 말을 들은 미지는 조금도 망설이지 않고 말했다. 역시 내 친구 미지다.

"어? 미지야, 잠깐만."

나는 길 건너편을 바라봤다. 흰 줄에 빨간색 운동화를 신은 그 사람이 사진관 안으로 들어가고 있었다.

"왜? 혹시 그 이상한 아이가 나타난 거야?"

"그 아이는 아니고……."

나는 흰 줄이 있는 빨간색 운동화를 신은 사람 이야기를 미지에게 해 주었다.

"사진 찍는 게 취미인 사람인가 보다. 나여진, 그 동네에 있는 사진관이 혹시 핫 플레이스 아닐까? 네 사진도 보니까 엄청 잘 나왔거든. 학원 안 가는 날에 나도 한번 놀러 가야겠다. 이대팔이랑 연우랑 같이."

"좋아. 그렇게 하자. 그 사진관 이름이 '추억을 만드는 사진관'이거든. 넷이 여름 방학의 추억을 만들면 좋겠다."

나는 넷이 같이 사진 찍는 모습을 떠올렸다. 생각만으로도 기분이 좋았다.

'덥다, 더워.'

김밥을 먹고 밖으로 나왔을 때 세상은 지글지글 끓고 있었다.

땡!

엘리베이터가 1층에 멈추고 엘리베이터 문이 열릴 때였다.

"으악!"

시커먼 것이 나를 향해 달려들었다. 나는 뒷걸음치다 제자리에 주저앉았다. 심장이 터질 듯 뛰었다. 나에게 달려들었던 시커먼 것은 개였다.

"눈송이! 뛰지 말라고 했지."

개줄을 잡고 있는 애가 소리쳤다. 사진관에서 봤던 그 아이였다. 불길한 예감은 언제나 비켜 가지 않는다. 설마라고 생각했는데 진짜 같은 동에 살았다.

"놀랐나 보네."

아이가 나를 힐끗 보며 말했다.

"눈송이! 가자."

그러더니 쌩하니 가 버렸다.

"뭐 저런 애가 다 있어?"

아까 자기가 놀랐을 때는 사과를 해라, 진심으로 해라,

온갖 인상을 다 쓰던 아이였다. 그런데 주저앉은 나를 보고도 그냥 가다니. 자리를 털고 일어나는데 얼마나 놀랐는지 다리가 후들거렸다.

우리 집에는 아무도 없는데?

"무슨 소리?"

고모는 휴대폰에서 눈을 떼지 않고 물었다.

"울음소리요. 엄청 구슬프게 우는 소리였어요. 자다가 그 소리 때문에 깼다니까요. 한참 지나니까 소리가 멈췄어요. 그래서 저도 다시 잠이 들었거든요. 그런데 또 그 소리에 잠이 깼어요. 고모는 못 들었어요?"

"나는 아무 소리도 못 들었는데? 여진이 네 말이 사실이라면 일이 복잡해지는데? 이 아파트가 방음이 잘되어 있다고 해서 이사 온 거거든. 그런데 우는 소리가 들릴 정도면 방음이 잘되기는커녕 아주 심각할 정도로 엉망인 거잖아? 아, 층간 소음! 생각만 해도 머리가 지끈거려."

나는 울음소리가 궁금한데 고모는 다른 말을 했다.

"한밤중에 왜 흐느껴 우는지 궁금하지 않으세요?"

나는 심각한 얼굴로 물었다.

"여진이 너, 확실히 들은 거지? 이따 부동산에 들러 좀 따져야겠다. 집을 팔아먹으려고 거짓말 한 거면 절대 가만있지 않을 거야."

고모는 자꾸만 딴말을 했다.

"되게 슬프게 흐느껴 울었거든요."

"나여진! 호기심 발동시키지 말라고 했지? 사람이 살다 보면 울 일도 있고 웃을 일도 있는 거야. 그런 걸 어떻게 다 일일이 신경 쓰고 사니? 남의 일에 참견하고 간섭하는 사람들 보면 대부분 자기 일은 제대로 못하는 사람들이 많더라고."

고모가 퉁명스럽게 말했다. 내가 내 할 일도 제대로 못하는 아이라는 말로 들렸다.

"어머, 시간이 벌써 이렇게 되었네. 잘못하다가는 또 지각하겠네. 여기가 생각보다 차가 엄청 밀리더라고. 부동산에서는 차 밀리는 걱정은 하지 말라고 큰소리 땅땅 치더니.

이따 이 문제에 대해서도 좀 따져야겠다."

고모는 후다닥 자리를 박차고 일어나 후다닥 욕실로 들어갔다. 그리고 잠시 후, 후다닥 욕실에서 나와 준비를 하고 출근했다. 고모가 나가고 곧바로 연우에게 전화가 왔다.

"여진이 너 지금 어디야?"

전화를 받자마자 연우가 다짜고짜 물었다.

"고모 집이지. 방학 동안 고모 집에서 지낼 거라고 말했잖아."

"그럼 지금 여진이 너희 집은 빈집이지? 너희 엄마 아빠랑 할머니는 여행 가시고 너는 고모 집에 있으니까."

"당연히 빈집이지."

"그런데 이상하다……."

연우가 말끝을 흐렸다.

"뭐가 이상해?"

"확실한 건 아니라서…… 아니지. 확실한 거 같아. 이런 말을 해야 하나, 말아야 하나."

연우는 자꾸만 말을 뱅뱅 돌렸다.

"무슨 일인데?"

"그래도 말하는 게 낫겠지? 여진이 너희 집에서 이상한 소리가 들렸거든. 노래를 부르는 소리 같기도 하고 웃는 소리 같기도 하고."

"그게 무슨 말이야? 우리 집에는 지금 아무도 없는데? 네가 잘못 들었겠지."

아무도 없는데 노랫소리는 뭐고 웃는 소리는 또 뭐람.

내 말에 연우는 아무 말도 하지 않았다.

"연우 네가 잘못 들은 거야."

나는 잘못 들은 거라는 말에 힘을 주고 전화를 끊었다. 그런데 시간이 지나면 지날수록 찜찜한 기분이 들었다. 나는 연우에게 전화를 했다.

"언제 그런 소리를 들었는지 자세히 말해 봐."

"어젯밤에 엄청 더웠잖아? 그래서 아이스크림을 사려고 나갔는데 있잖아. 엘리베이터를 기다리고 있는데 어디선가 노랫소리가 들리는 거야. 나도 모르게 노랫소리에 집중을 했거든. 그런데 여진이 너희 집에서 들리는 거 같았어. 그래서 현관문에 귀를 대 봤더니 진짜 너희 집에서 흘러나오는 소리였어."

"우리 집에는 아무도 없는데 어떻게 노랫소리가 나?"

나는 따지듯 말했다.

"그러게, 그러니까 내가 이상하다고 말한 거야. 절대 거짓말하는 거 아니야."

연우는 거짓말을 할 아이가 아니다. 갑자기 심장이 쿵쾅거리고 뛰었다. 아무도 없는 우리 집에서 누군가 소파에 앉아 있는 모습이 상상되었다. 그 상상을 하자 머리부터 발끝까지 소름이 돋았다. 하지만 고개를 저어 상상을 털어 냈다. 그럴 리가 없다.

"연우야, 네가 우리 집에 좀 들어가 볼래? 현관 비밀번호 알려 줄게."

확인해 보지 않으면 계속 찜찜할 거 같았다.

"내가?"

연우가 놀랐다.

"그, 그건 좀…… 무서운데…….."

"너 혼자 들어가기 무서우면 이대팔을 불러서 같이 들어가 봐."

"……."

연우는 대답하지 않았다. 더 이상은 들어가 보라는 말을 할 수 없었다. 나는 고모에게 말해서 고모와 함께 집에 가 보려고 마음먹고 전화를 끊었다.

잠시 후에 연우에게서 다시 전화가 왔다.

"우리 엄마보고 같이 너희 집에 들어가 보자고 했더니 절대 그러지 말래. 주인도 없는 집에 들어갔다가 나중에 곤란

한 일이 생길 수도 있다고 말이야. 솔직히 너희 엄마랑 우리 엄마가 엄청 친한 사이도 아니잖아? 나중에 중요한 걸 잃어버렸다는 말을 들을 수도 있대. 현관 비밀번호는 묻지도 말고 듣지도 말라고 했어. 그런 거 함부로 알고 있으면 안 된다고. 미안해, 여진아. 엄마가 같이 간다고 하면 들어가 보려고 했거든."

연우는 진심으로 미안해했다.

"내가 고모랑 가 볼 거야. 괜찮아."

나는 연우 전화를 끊고 나서 곧장 고모에게 전화했다.

"노랫소리? 아침에는 우는 소리 타령을 하더니 이제 노랫소리야?"

고모는 시큰둥하게 말했다.

"우는 소리는 제가 어젯밤에 이 아파트에서 들은 소리고요, 노랫소리는 연우가 어젯밤에 우리 집에서 들은 소리예요. 고모, 오늘 고모 퇴근하고 우리 집에 같이 가 보면 안 되나요? 연우 말을 듣고 나니 좀 찜찜해요."

"나여진, 네가 혹시 연우에게 울음소리 얘기를 먼저 한 거 아니니? 어젯밤에 울음소리를 들었다고 하니까 연우도 덩달아 그런 소리를 한 거 아니냐고? 누가누가 더 재미있고 오싹한 이야기를 하는지 내기하는 그런 마음으로 말이야. 아무도 없는 집에서 어떻게 노랫소리가 나? 고모 지금 무지하게 바쁘거든. 그리고 오늘 갑자기 야근하게 생겼어. 부동산에도 못 가 보겠네."

고모는 전화를 뚝 끊었다. 자기 할 말을 다 하면 전화를 뚝 끊는 건 고모의 특기다.

'엄마한테 문자를 보낼까?'

나는 엄마에게 문자를 보내려다 그만두었다. 그런 문자를 보면 엄마는 계속 걱정을 할 거고 그러면 여행은 엉망이 될 수도 있다.

'나 혼자라도 가 봐야겠어.'

이대팔과 연우 그리고 미지까지 불러서 같이 가면 무섭지 않을 거다. 나는 당장 고모 집에서 나왔다.

집으로 가면서 미지와 이대팔 그리고 연우에게 전화했다.

우리 아파트에 도착했을 때, 미지와 연우 그리고 이대팔은 놀이터에서 기다리고 있었다.

"경찰서에 신고부터 해야 하는 거 아니니?"

미지가 물었다.

"야, 너는 왜 아까부터 신고하자고 그래? 여태 내가 말했 잖아? 확실하지도 않은데 신고부터 하면 안 된다고. 경찰 들이 얼마나 바쁜데. 우리 때문에 진짜 출동해야 할 곳에 가지 못할 수도 있어. 일단 집주인인 여진이가 왔으니까 들 어가 보자. 나는 아무리 생각해도 연우가 잘못 들은 거 같 거든."

이대팔이 앞장섰다.

"똑똑히 들었다고 몇 번이나 말해야 하니?"

연우가 이대팔 뒤통수에 대고 눈을 흘겼다.

"지금 막 생각이 났는데 있잖아. 너희들 그 영화 알아? 빈 집만 골라 다니면서 밥도 해 먹고 샤워도 하는 사람이 나오 는 영화. 아이들은 볼 수 없는 영화인데 예전에 그런 영화 가 있었다고 하더라. 인터넷 정보에 의하면……."

현관문 앞에 섰을 때 갑자기 이대팔이 무서운 얘기를 했 다. 좀 전까지만 해도 연우가 잘못 들은 거라고 말하더니 말이다.

"진짜 그런 영화가 있었어?"

연우가 겁을 잔뜩 집어먹은 목소리로 말했다.

"그러니까 신고부터 하자니까."

미지 목소리도 떨렸다.

"그럼 우리 집에서 누군가 밥도 해 먹고 샤워도 하면서 지내고 있다는 말이야? 왜 그런 말을 하는데?"

나는 화를 냈다. 사실 나도 우리 집 거실 소파에 누군가 앉아 있는 상상을 했었다. 하지만 이대팔과 연우 그리고 미지가 저러니까 이상하게 화가 났다. 우리 집을 무서운 사건이 일어나는 집으로 만드는 거 같았다.

"들어가 보면 알겠네."

나는 비밀번호를 눌렀다.

현관문을 열자 집 안에 갇혀 있던 공기가 한꺼번에 밀려나왔다. 이틀 비워 뒀을 뿐인데 평소의 우리 집과는 다른 냄새가 났다. 할머니도 엄마도 그리고 아빠도 없는 집이 낯설게 느껴지기도 했다.

"빨리 들어가 봐."

이대팔이 내 등을 밀었다. 나는 천천히 거실로 들어갔다. 이대팔과 연우, 미지가 따라 들어왔다. 집에는 아무도

없었다. 방도 주방도 그리고 화장실도 텅 비어 있었다.

"연우가 잘못 들은 거네."

이대팔이 말했다. 나는 그제야 길게 숨을 내쉬었다. 정
말 다행이었다.

"이상하다. 분명히 들었는데."

연우는 자꾸만 이상하다고 했다.

"우리 만난 김에 떡볶이 먹으러 갈까?"

이대팔이 연우 말을 자르며 말했다.

"좋아. 우리 집 때문에 모인 거니까 떡볶이는 내가 살게.
우리 아빠가 먹고 싶은 건 아끼지 말고 사 먹으라고 그러셨
거든."

나와 미지 그리고 이대팔과 연우는 떡볶이를 먹으러 갔다.

"여진이 고모네 아파트에 이상한 아이가 산대."

미지가 떡볶이를 먹으며 말했다.

"이상한 아이? 어떻게 이상한대?"

이대팔과 연우가 약속을 한 듯 동시에 물었다. 미지는 내

가 했던 말을 한 마디도 빼먹지 않고 자세히 말했다.

"뭐 그런 애가 다 있냐? 같은 동에 살면 자주 마주칠 텐데 여진이 너 스트레스 받겠다. 설마 같은 층은 아니지?"

"같은 층은 아닌……."

나는 말을 하다 멈췄다. 설마 그 아이와 같은 층은 아니겠지? 그런데 어쩐지 기분이 싸했다. 현관문을 열고 나가며 그 아이와 마주치는 모습이 머릿속에 떠올랐다. 이 불길한 상상은 뭐람.

나는 울음소리에 대해서는 말하지 않았다. 그러면 또 우리 집에서 났다는 노랫소리 이야기가 나올 거 같았다.

한밤중 울음소리

나는 한밤중 울음소리에 눈을 떴다. 비바람이 요란하게 불었다. 울음소리는 비바람 소리에 묻혔다가 다시 들리고 또 묻혔다가 다시 들렸다.

처음에는 울음소리를 듣고 무서웠었다. 하지만 시간이 지날수록 걱정이 되었다. 텔레비전이나 인터넷에서 봤던 갖가지 사건들이 머릿속에 둥둥 떠올랐다. 혹시 저 울음소리가 그런 사건과 연관이 있는 건 아닐까? 울음소리는 좀처럼 그치지 않았다.

'여긴가?'

나는 벽에 귀를 댔다. 벽 쪽이 맞는 거 같기도 하고 아닌 거 같기도 했다. 나는 벽마다 귀를 대 보며 다녔다. 새벽녘이 되어서야 울음소리는 멈췄다. 나는 그제야 다시 잠이 들었다.

아침에도 비바람은 멈추지 않았다. 고모는 먼 곳으로 취재를 가야 한다고 일찍 나갔다. 나는 고모가 나가고 나서도 한참을 더 자다가 배가 고파 일어났다.

"날씨가 이럴 줄 미리 알았다면 어제저녁에 빵이라도 사다 놓는 건데……."

나는 비바람이 요란하게 몰아치고 있는 창밖을 바라봤다. 갑자기 울음소리가 생각났다.

'이쪽 벽 너머는 몇 호일까?'

고모네 아파트는 구조가 우리 집과는 달랐다. 고모 말로는 같은 동이라도 아파트 구조와 크기가 다 다르다고 했다.

"일단 나가서 점심 먹을 거까지 사 오자. 빵이 좋겠어."

나는 우산을 들고 집에서 나왔다.

'2303호인가?'

나는 고모네 앞집 현관문을 뚫어져라 바라봤다.

23층에는 모두 네 집이 산다. 고모 집이 2302호, 고모네 앞집이 2303호 그리고 비상계단을 건너 2301호, 2301호 앞집이 2304호.

'비상계단이 중간에 있으니까 2301호와 고모 집 벽이 맞닿아 있지는 않겠지? 2304호는 고모 집에서 더 멀고.'

그렇다면 2303호에서 소리가 났을 확률이 높다.

나는 앞집인 2303호 현관문에 귀를 댔다. 그 순간 현관문이 벌컥 열렸다. 얼마나 놀랐는지 숨이 멎는 듯했다. 나는 주춤거리며 뒷걸음질 쳤다.

"뭐야?"

문을 열고 나온 건 그 아이였다. "원수는 외나무 다리에서 만난다."라는 속담을 책에서 읽었던 기억이 났다. 그런 속담이 왜 생겼나 했더니 딱 이런 때를 말하는 거였다.

"너 남의 집 앞에서 뭐 하는 건데?"

아이가 눈을 갸름하니 뜨고 물었다.

"아, 아, 아무것도 아, 아, 안 했는데?"

당황해서 말까지 더듬어졌다.

"아무것도 안 하기는 뭘 아무것도 안 해? 지금 남의 집을 염탐하는 거니?"

"왕왕왕!"

아이가 목소리를 높이는 순간 안에서 시커먼 개가 나와 짖었다. 개의 날카로운 이빨 사이로 침이 줄줄 흘렀다.

"아, 아, 아니야."

나는 고개를 세차게 저었다.

"염탐이 아니면? 왜 남의 집 현관 앞에 서 있었는데? 내가 문을 열 때 분명 네가 이쪽으로 귀를 요리고 있었거든."

아이가 얼굴을 옆으로 돌리며 말했다.

"왕왕왕!"

개가 더 요란하게 짖었다.

"눈송이! 그만 짖어!"

아이가 손가락을 치켜올리자 시커먼 개는 신기할 정도로 짖는 걸 뚝 멈췄다.

"우리 이모가 이상하고 수상한 일이 생기면 망설이지 말고 신고부터 하라고 했어. 무서운 세상이라고. 신고할까?"

아이가 턱을 치켜들고 물었다. 신고한다는 말에 심장이 덜컹거렸다.

"내, 내가 뭘 잘못했다고 신고를 해?"

"남의 집을 염탐했잖아?"

아이는 자꾸 염탐이라는 말을 썼다. 자꾸 그 말을 들으니까 내가 엄청나게 큰 잘못을 한 거 같은 기분이 들었다.

"울음소리 때문에 그랬어."

"울음소리? 우리 집에서 울음소리가 났단 말이야?"

"아, 아니, 너희 집인지 아닌지는 몰라. 그저께 밤에도 울음소리가 났는데 어젯밤에도 났어. 그리고 좀 전에도 들렸어. 어느 집에서 나는 소리인지 모르겠어."

"그래서 어느 집인지 찾아다니는 중이었니? 아파트는 바로 옆에서 들리는 소리 같지만 전혀 다른 곳에서 나는 소리일 수도 있어. 위층이나 아래층에서 나는 소리가 옆집에서 나는 소리처럼 들리기도 해. 그것도 모르니? 그리고 어느 집에서 나는 소리인지 알면 뭐 하게?"

아이가 물었다.

"응?"

생각지도 못한 질문이었다.

"울음소리가 어느 집에서 나는 건지 알면 어떻게 하려고? 그 집에 찾아가서 왜 우는지 물어보려고?"

"응? 그, 그건……."

나는 할 말을 잃었다. 누가 우는지를 찾아내서 내가 뭘 어떻게 해 주어야겠다는 생각은 해 보지 않았다.

"사람이 울 수도 있는 거 아니니? 웃을 수 있는 것처럼."

아이가 고모와 같은 말을 했다.

"으응, 그렇지."

"너, 남의 일에 엄청나게 참견하는 아이인 거 같구나?"

아이가 고개를 절레절레 저으며 말했다. 표정이 '너 참 할 일 없는 아이구나?' 이러고 말하는 거 같았다. 그저 그런 울음소리면 나도 이렇게 신경 쓰지 않았을 거라고 말하려다 말았다. 그저 그런 울음소리가 아니면 어떤 울음소리였느냐고 물어보면 할 말이 없었다.

"아무튼 우리 집에서는 누구도 울지 않았어. 그러니까 우리 집에는 신경 꺼."

아이는 밖으로 나오며 집 안으로 개를 들여보내고는 현관문을 닫았다. 왕! 시커먼 개가 큰 소리로 짖었다.

"금방 오니까 짖지 말고 기다려."

아이는 현관문을 향해 소리쳤다.

아이는 엘리베이터 안에서 아무 말도 하지 않았다. 엘리베이터에서 내려서는 성큼성큼 앞서 걸어갔다. 비가 내리는데 우산도 쓰지 않았다. 다행히 바람이 심할 뿐 비는 많이 내리지 않았다.

아이는 상가 빵집으로 갔다. 나는 아이와 되도록 멀리 떨어져서 빵을 골랐다. 소금 빵 세 개와 크림 빵 두 개를 사서 계산하며 아이 쪽을 힐끗 바라봤다. 아이가 들고 있는 쟁반에는 빵이 수북했다.

'가족이 많은가 보네.'

나는 먼저 빵집에서 나와 마트로 가서 우유를 샀다. 상가 밖으로 나왔을 때 아이는 빵 봉투를 끌어안고 앞서 가고 있었다. 비는 내리지 않았지만 바람은 여전히 세게 불었다.

쌔애앵!

갑자기 세찬 바람이 몰아쳤다. 아이가 휘청거리나 싶더니 땅바닥에 빵이 우르르 쏟아졌다. 바닥에는 빗물이 흥건했다. 아이는 당황해서 빵을 집어 도로 봉투 안에 넣었다. 하지만 빵 봉투는 찢어져 있었다. 집어넣은 빵은 도로 땅바닥에 나뒹굴었다. 나는 재빨리 아이에게 달려갔다.

"일단 여기에 담아."

나는 우유가 들어 있는 비닐봉지를 내밀었다. 아이는 나를 한 번 쓰윽 보더니 비닐봉지에 빵을 주워 담았다. 빵이 얼마나 많은지 비닐봉지에 다 들어가지 않았다. 남은 빵은 내 빵이 들어 있는 봉투에 담았다.

나는 2303호로 갔다. 시커먼 개가 두 다리를 번쩍 들고 아이를 반겨 주었다. 어쩐 일로 나를 보고 짖지 않았다. 나는 현관에 쪼그리고 앉아 아이 빵을 거실 바닥에 꺼내 놨다. 젖은 땅에 떨어지는 바람에 비닐에 담지 않은 빵 중에 젖어 있는 빵도 있었다.

"이런 거는 버려야 하나? 버리긴 아깝다. 젖은 쪽은 떼어 내고 먹어도 괜찮긴 하겠다."

나는 혼잣말처럼 중얼거렸다.

자리를 털고 일어나는데 2303호 집 안이 눈에 들어왔다. 물건도 별로 없고 깔끔했다.

"고맙다. 여기는 우리 이모 집. 우리 이모 집에서 방학 동안 지내려고 온 거야."

아이가 묻지도 않은 말을 했다.

"어? 나는 우리 고모 집에서 방학 동안 지내려고 온 건데."

"그래? 신기하다."

"우리 엄마 아빠가 할머니를 모시고 여행 가셨거든."

나는 한 마디 더 했다. 하지만 그 아이는 왜 이모 집에서 방학을 보내는지 그 이유는 말하지 않았다.

"나는 6학년. 이름은 이서율."

"어? 나도 6학년인데, 나여진."

서율이는 잠깐 들어오라고 했다.

"끄으응, 끙."

눈송이가 내 손등을 살짝 핥았다. 요란하게 짖던 모습은 찾아볼 수 없었고 애교가 넘치는 개였다. 꼭 내가 손님인 걸 아는 거 같았다.

"우리 눈송이 되게 똑똑해."

서율이가 눈송이 등을 쓰다듬으며 말했다. 눈송이는 서율이가 키우는 개인데 같이 이모 집에서 한 달을 지내게 되었다고 했다.

"털이 까만색인데 왜 이름이 눈송이야?"

"아기였을 때는 흰색이었거든. 그런데 신기하게도 크면

서 털이 까만색으로 변하더라고."

"그런 일도 있어? 완전 신기하다. 그런데 나도 눈송이 쓰다듬어 봐도 돼?"

나는 눈송이 앞에 쪼그리고 앉았다. 서율이가 고개를 끄덕였다. 나는 천천히 눈송이 머리를 쓰다듬었다. 눈송이는 귀를 뒤로 젖히고 얌전히 있었다.

"여진이 너도 아침으로 빵 먹으려고 한 거지? 여기서 같이 먹자."

나는 서율이와 마주앉아 빵을 먹었다.

"내가 처음 보는 사람들에게는 좀 까칠하게 대해."

서율이가 말했다. 사진관에서 있었던 일이나 엘리베이터 앞에서 있었던 일 그리고 아까 현관문 앞에서 있었던 일을 말하는 거 같았다.

"엘리베이터 앞에서는 까칠한 게 아니지. 사과할 일이었지. 진심을 담아."

나는 솔직히 말했다. 서율이 얼굴이 빨개졌다.

"그런 사람 있어. 나중에 사귀고 보면 영 아닌데 말이야. 내 친구 중에도 그런 아이 있거든. 처음 봤을 때는 되게 차

갑고 냉정하게 보였는데 나중에 알고 보니 마음도 약하고 무지무지하게 착하더라고."

나는 얼른 말을 돌렸다. 연우도 그랬었다. 연우의 첫인상은 차갑고 냉정해 보였었다. 하지만 연우는 마음도 약하고 배려심도 많은 아이다.

"너, 사진 찍는 거 좋아해? 우리 같이 사진 찍을까? 사진관에 있는 소품 봤지? 되게 재미있는 거 많거든."

서율이가 물었다.

"좋아. 저승사자 변장 말고 다른 변장을 하고 찍어 볼래."

내 말에 서율이가 피식 웃었다. 나와 서율이는 내일 사진을 찍으러 가기로 약속하고 전화번호도 교환했다.

라면 맛집

아침부터 세상이 지글지글 끓었다. 땅에 달걀을 깨뜨리면 곧바로 프라이가 될 거 같았다. 사진관까지는 그렇게 먼 거리가 아니었다. 하지만 사진관에 도착했을 때 나와 서율이 얼굴은 벌겋게 익어 있었고 이마를 타고 땀이 흘러내렸다.

사진관 안은 시원했다. 서율이는 딸기 그림이 그려진 모자를 쓰고 핑크색 스카프를 했다.

"나, 딸기 같지 않니? 여진이 너는 이거 어때? 둘이 같이 찍으면 색깔이 잘 어울릴 거 같은데?"

서율이는 내 목에 초록색 스카프를 둘러 주더니 초록색 모자를 씌워 주었다. 서율이가 씌워 준 모자는 오이 모양의 모자였다.

"딱 오이 같다."

서율이가 말했다.

"저승사자라는 말보다는 듣기 좋네. 하지만 나는 오이 별로 안 좋아해. 오이를 먹으면 배가 아프거든. 나는 이거 할래."

나는 오이 모자와 초록색 스카프 대신 사과 모양의 빨간 모자와 빨간 스카프를 둘렀다. 서율이는 자기가 무슨 말을 할 때 듣는 사람의 기분은 어떨지 생각하지 않고 말하는 거 같았다. 세상에 오이 같다는 말을 듣고 기분 좋을 사람은 없을 거다. 그렇다고 해서 오이가 안 좋은 채소라는 말은 아니다. 딸기 같다는 말처럼 귀엽거나 예쁘다는 느낌이 전혀 들지 않는다는 뜻이다.

나와 서율이는 핑크 조명이 있는 부스에 들어가 사진을 찍었다.

"나를 따라서 포즈 취해 봐."

서율이는 사진관 벽에 붙어 있는 포즈를 모두 꿰고 있었다. 서율이를 따라 포즈를 취하는데 재미있었다. 사진도 재미있게 나왔다. 나는 미지에게 사진을 보내 주려다 그만

두었다.

"이상한 아이라며? 이상한 아이랑 친해진 거야?"

미지가 이렇게 물을 수도 있다. 나는 서율이와 친해진 건 미지와 이대팔 그리고 연우에게는 비밀로 하기로 했다. 어차피 한 달 후면 서율이와 헤어지게 되니까.

"우리 라면 먹고 갈까?"

사진관에서 나오며 서율이가 물었다.

"좋아. 이렇게 더운 날에는 뜨거운 걸 먹어야 시원해. 우리 할머니가 그랬어."

나는 앞장서서 라면집으로 들어갔다.

"할머니랑 같이 사니? 좋겠다."

서율이는 라면을 먹으며 할머니에 대해 이것저것 물었다. 나는 우리 할머니가 항상 내 편이라는 점을 강조하며 할머니 자랑을 했다. 할머니 자랑을 한참 하다 보니까 할머니가 보고 싶었다. 할머니는 지금 어느 나라에 있을까? 그 나라는 밤이겠지? 할머니도 나를 보고 싶어 할까? 분명 그럴 거다.

"내가 엊그제 우리 집에 가 봤거든. 이틀만에 간 집이었는데 좀 이상했어. 우리 집인데 엄청 낯설게 느껴지는 거야. 현관문을 열면 나던 우리 집 냄새가 아닌 다른 낯선 냄새도 나고 말이야. 아마 우리 집에서 나던 냄새들은 할머니 엄마 그리고 아빠, 그러니까 우리 가족의 냄새였나 봐. 가족들이 없으니까 우리 집 냄새가 안 나는 거지."

말을 하는데 할머니와 엄마 그리고 아빠가 보고 싶었다. 할머니 손을 잡고 할머니 냄새도 맡고 싶었다. 갑자기 눈물이 왈칵 쏟아졌다. 서율이가 나를 물끄러미 바라봤다.

"너는 누구누구랑 살아? 언니나 오빠는 있어? 동생은?"

나는 눈을 깜박거려 눈물을 집어넣으며 말을 돌렸다.

"그냥 엄마 아빠랑…… 야, 그런데 여기 라면 맛집이네. 되게 맛있지? 우리 라면 먹으러 자주 올까?"

서율이가 라면 국물을 마시며 물었다.

"그래."

나도 서율이를 따라 라면 국물을 마셨다. 국물 맛이 끝내 줬다. 서율이 말대로 라면 맛집이었다.

'어?'

그때 문이 열리며 그 사람이 들어왔다. 흰색 줄이 있는 빨간 운동화를 신은 사람 말이다. 가까이에서 본 그 사람은 멀리서 보던 것과는 달랐다. 고모와 비슷한 나이라고 생각했는데 아니었다. 고모보다 훨씬 나이가 들어 보였다. 그 사람은 성큼성큼 걸어 창가 맨 구석 자리로 가서 앉았다. 주문도 하지 않았다. 얼마 후 라면 가게 사장님이 라면 두 그릇을 그 사람이 앉은 자리로 가져갔다.

"저 아줌마 사진관에서 몇 번 봤어. 사진 찍는 걸 되게 좋아하는 거 같아."

서율이가 목소리를 잔뜩 낮춰 말했다.

"사진 찍는 걸 좋아하는 건 맞는 거 같아. 같은 날 사진관
에 두 번이나 가는 걸 봤거든."

나는 서율이 말에 맞장구쳤다.

"그런데 왜 라면을 두 그릇이나 시켰지? 혼자인데?"

"누가 또 오나 봐. 오면 시키지. 다 불어 터지겠다. 라면
은 불어 터지면 별로인데."

나와 서율이는 라면을 다 먹고도 일어나지 않고 아줌마
를 지켜봤다. 면발이 팅팅 불어 터질 정도의 시간이 지나도
아줌마 앞에는 누구도 앉지 않았다. 아줌마는 라면은 먹지
않고 라면 그릇을 뚫어지게 바라만 봤다.

"나가자."

서율이가 눈짓을 보냈다.

"누구랑 만나기로 약속했는데 그 사람이 약속을 어긴 거
아닐까? 금방 갈게, 이러고 약속하고 약속 어기는 사람들
이 의외로 많거든. 내 친구 중에도 그런 애 있어. 어디 간다
고 하면 꼭 자기도 같이 가게 해 달라고 통사정해 놓고는

약속 장소에 안 나타나. 전화도 안 받아. 기다리다 보면 화가 얼마나 많이 나는데……. 나중에 물어보면 엄청 바쁘고 중요한 일이 생겨서 그랬다고 둘러대. 그래서 요즘에는 그 아이와 약속 같은 거 잘 안 해."

서율이는 보나마나 그 아줌마도 그랬을 거라고 말했다. 서율이 말이 맞을 수도 있다.

"그런데 그 아줌마가 주문도 안 했는데 라면 가게 사장님은 어떻게 알고 라면을 두 그릇 끓여서 준 걸까?"

"자주 오는 손님이겠지. 그 아줌마는 그 라면 가게에 오면 꼭 시키는 라면이 있을 거야. 그래서 사장님이 알아서 끓여 준 거고. 아니면 미리 전화를 해서 주문을 했을 수도 있겠지. 금방 갈 거니까 라면 좀 끓이고 있으라고."

서율이 말이 그럴듯했다.

"여진이 너는 이제 뭐 할 건데? 나는 눈송이 산책시킬 거거든. 특별히 할 일 없으면 같이 눈송이 산책시킬래?"

"좋아."

서율이는 얼른 가서 눈송이를 데리고 나온다며 놀이터 앞에서 기다리라고 했다.

햇볕은 뜨거웠다. 햇볕을 피해 나무 그늘로 걸어가던 나는 걸음을 멈췄다. 그 아줌마가 상가에서 나와 이쪽으로 걸어오고 있었다

'어디 아픈가?'

환한 곳에서 본 아줌마는 나이가 좀 더 들어 보였고 얼굴빛도 좋지 않았다.

아줌마는 놀이터로 갔다. 그러고는 그네에 앉아 천천히 발을 굴렀다. 그네가 끄덕끄덕 움직였다.

'햇볕 때문에 엄청 뜨거울 텐데…….'

나는 아줌마를 안 보는 척하면서 힐끗거렸다. 그때 휴대폰이 울렸다. 서율이었다.

"여진아, 지금 눈송이 산책 못 시키겠어."

"왜…….'

왜냐고 물어보려는 순간 서율이는 전화를 뚝 끊었다.

"기막혀."

나는 휴대폰을 바라보며 중얼거렸다. 자기 할 말만 하고 끊는 게 고모와 똑같았다. 이렇게 뜨거운 햇볕 아래서 기다리게 해 놓고 미안하다는 말 한 마디도 하지 않고 말이다.

왜 산책을 시키지 못하게 되었는지 이유도 설명하지 않고 말이다. 약속을 안 지키는 친구와는 이제 약속을 하지 않는다더니 서울이도 별로 다르지 않았다.

엘리베이터를 기다리고 있는데 그 아줌마가 걸어오고 있었다.

'같은 동에 사나?'

아줌마는 잠시 멈춰서 하늘을 바라봤다. 그러는 동안에 엘리베이터가 도착했다. 나는 엘리베이터를 탔다.

옷장에 누군가

'내가 타기 전에 1층에 아무도 없었어. 1층에서 누가 엘리베이터를 탄다면 그 아줌마일 가능성이 커.'

나는 23층에 내려 엘리베이터를 지켜봤다. 엘리베이터 두 대 중에 오른쪽 엘리베이터가 움직였다.

'2층, 3층, 4층, 5층…….'

나는 숫자를 뚫어지게 바라봤다. 엘리베이터는 계속 올라왔다.

'22층…….'

땡!

엘리베이터가 23층에 멈췄다.

'23층이다.'

나는 재빨리 비상계단으로 숨었다. 엘리베이터 문이 열리고 그 아줌마가 내렸다. 아줌마는 고모와 같은 동, 같은 층에 살았던 거다. 아줌마는 2301호로 들어갔다.

'그런데 내가 왜 저 아줌마에게 관심을 갖는 거지? 호기심 발동? 아, 그러면 안 되는데…….'

나는 잠시 생각했다. 서율이가 말했던 염탐이라는 말이 떠올랐다.

- 여진아. 뭐 해?

그때 연우에게 문자가 왔다.

- 라면 먹고 왔어. 연우 너는 뭐 해?
- 전화해도 돼?

애가 갑자기 왜 이런담. 연우와 나는 전화해도 되느냐고 물어보고 전화하는 사이가 아니다. 하고 싶으면 아무 때나 하는 사이이다. 나는 연우에게 전화를 했다.

"언제부터 내 허락받고 전화했어?"

나는 큭 웃으며 말했다.

"이런 말을 해야 하나 말아야 하나."

연우 목소리가 심각했다.

"내가 있잖아. 일부러 그런 거는 아니고…… 아, 솔직히 말할게. 일부러 그런 거 맞아. 자꾸 너희 집에 신경이 쓰여서 말이야. 현관 밖으로 나가면 나도 모르게 자꾸 너희 집에 귀를 기울이게 돼. 어젯밤에……."

"우리 집에는 아무도 없었잖아?"

나는 연우 말을 중간에 잘랐다. 또 무슨 소리가 났다고 말할 게 뻔했다. 그런 말을 듣고 싶지 않았다.

"내가 좀 전에 이대팔한테 또 소리가 들렸다는 말을 했거든. 그랬더니 이대팔이……."

연우는 말을 멈췄다. 전화기 너머로 연우가 심호흡하는 소리가 났다.

"이대팔이 뭐라고 했는데?"

"우리가 너희 집에 갔을 때 말이야. 방이랑 욕실이랑 베란다랑 다 돌아봤잖아? 그런데 확인하지 않은 곳이 있대.

붙박이장!"

"붙박이장? 옷장 말이야?"

"응,"

"그럼 우리 집 옷장에 누군가 숨어 있다는 말이야?"

하여간 이대팔 상상력은 아무도 못 말린다. 어떻게 그런 끔찍한 상상을 하는 걸까?

"이대팔한테 이상한 상상 좀 하지 말라고 말해."

나는 너무 화가 나서 전화를 끊어 버렸다. 우리 집을 무서운 사건 현장을 만들려고 하는 거 같아 생각하면 생각할

수록 화가 났다.

이대팔의 상상이라고 생각했는데 자꾸만 신경이 쓰였다. 내 방 옷장을 여는데 누군가 옷장 안에 웅크리고 있는 장면이 떠올랐다. 컴컴한 옷장 안에 번득이는 두 눈을 생각하다 얼른 고개를 저었다.

"아, 짜증 나."

나는 베란다로 나와 베란다 문을 활짝 열어젖혔다.

'어? 그 아줌마다.'

저만큼 걸어가고 있는 사람은 2301호로 들어갔던 그 아줌마가 분명했다.

"또 어디 가는 거지? 아니다, 아니야. 어디를 가든 내가 뭔 상관이람. 어휴, 나여진! 무슨 상관이야? 괜한 호기심 갖지 말자. 우리 집에 자꾸 귀를 기울이는 연우 호기심보다 더 하네."

나는 베란다 문을 닫아 버렸다.

'그런데 엄마는 왜 전화 한 통도 안 해? 하도 재미있어서 내 생각은 까마득하게 잊었나 보네. 할머니도 그렇고, 아빠도 그렇고…….'

갑자기 엄마와 할머니, 아빠가 원망스러웠다. 우리 집에서 이상한 소리가 난다는 말이 튀어나온 게 꼭 엄마 아빠 그리고 할머니 탓인 거 같았다. 그때 내가 그런 생각을 하기라도 기다렸다는 듯 휴대폰이 울렸다. 엄마였다. 신기했다.

"엄마!"

전화를 받는데 갑자기 눈물이 왈칵 쏟아졌다. 나는 얼른 눈물을 삼켰다.

"여진아, 잘 있지?"

엄마가 묻는 순간 머릿속이 복잡해졌다. 연우가 들었다는 소리에 대해 말을 해야 하나 말아야 하나.

"잘 있지, 그럼."

대답하면서도 어떻게 해야 하나 결론이 나지 않았다.

"밥은 잘 챙겨 먹는 거지? 할머니가 걱정 많이 하셔. 매일 아침저녁으로 전화하고 싶으신데 전화비가 비싸서 못 하신대. 할머니 휴대폰은 로밍을 안 했거든. 전화 쓸 일도 없는데 왜 돈 들여서 그런 걸 하느냐고 절대 안 하신다고 해서 말이야. 엄마랑 아빠도 너한테 전화를 자주 하고 싶은데 이곳과 한국의 시차도 있고, 또 자유여행이다 보니까 신경

쓸 일이 하나둘이 아니야. 엄마가 자주 전화 못 해도 잘하고 있어야 해. 무슨 일 있으면 꼭 연락하고. 알았지?"

"여진아, 밥 잘 챙겨 먹고 있지?"

할머니 목소리가 들렸다. 할머니 목소리를 듣자 또 눈물이 왈칵 쏟아졌다.

"먹고 싶은 거 있으면 아빠가 준 카드로 아끼지 말고 사 먹어. 카드 사용 내역이 잘 안 오면 아빠가 걱정된다. 마구마구 사 먹어."

아빠 목소리도 들렸다. 엄마는 위험한 행동은 절대 하지 말고 더운데 밖에 나가지 말라고 말하고는 전화를 끊었다.

눈앞이 안개가 낀 듯 뿌옇게 변했다. 눈물이 쏟아졌다. 나는 침대에 엎드려 울었다. 울면서 생각했다. 내가 왜 우는 거지? 누군가가 보고 싶으면 이렇게 눈물이 나고 울음이 터진다는 걸 처음 알았다. 한참 울고 있는데 이대팔에게서 전화가 왔다. 받을까 말까 망설이다가 받았다.

"나여진, 화났나?"

전화를 받자마자 이대팔이 다짜고짜 물었다. 그럼 너라면 너희 집을 이상한 사건 현장으로 만들려고 하는데 화가

안 나냐? 나는 입밖으로 나오려는 말을 간신히 참았다. 이
대팔을 배려해서 참은 건 아니다. 그런 말을 하고 나면 내
가 더 화가 날 거 같아서였다.

"화났다면 미안해."

이대팔 목소리에 풀이 죽어 있었다. 진심으로 미안해하
는 거 같았다.

"내가 여진이 너라도 화났을 거야. 화 풀어."

"이제 괜찮아. 아까는 화났었는데."

진심으로 사과하는데 받아 주어야 할 거 같았다.

"그런데 여진이 너 언제 와?"

이대팔이 물었다. 방학 끝날 때 쯤에 할머니와 엄마 아빠
가 돌아오고 그때가 되어야 나도 집에 간다고 몇 번이나 말
했었다. 그런데 그걸 또 묻다니……

"방학 끝날 때쯤."

나는 왜 그걸 또 묻느냐고, 너는 남의 말을 들을 때는 좀
귀담아 들으라고 쏘아붙이고 싶은 걸 참고 말했다.

"여진이 네가 없으니까 우리 아파트가 텅 빈 거 같아."

이대팔이 말했다. 그 말은 좀 감동이었다.

"나랑 연우랑 미지랑 너희 고모 집에 놀러 갈까? 이번 주나 다음 주에."

이대팔 말에 귀가 번쩍 열리는 거 같았다.

"그거 참 좋은 생각이야. 놀러 와. 내가 맛있는 거 사 줄게. 여기에 라면 맛집이 있거든. 그리고 빵도 꽤 맛있어. 아, 맞다! 사진관이 있는데 거기서 넷이 사진도 찍자."

말을 하는데 신이 났다.

"사진관도 있어? 와, 재미있겠다."

이대팔 목소리가 높아졌다. 미지가 사진관 얘기를 하지 않은 거 같았다. 나는 사진관에 대해 한참 설명했다.

"그런데 여진아, 다시 생각해 보니까 셋이 놀러 가는 건 안 될 거 같아. 학원 시간이 제각각이거든. 시간을 맞추기 힘들 거 같아. 미안해서 어떻게 하나."

확 부풀어올랐던 기대가 한순간 찌그러졌다. 바람이 빠

저나간 풍선처럼 말이다. 그럴 거면 놀러 온다는 말은 왜 했담?

"괜찮아. 미안할 거 없어. 집에 가면 실컷 볼 텐데 뭐."

나는 일부러 덤덤하게 말했다.

"여진아."

이대팔 목소리가 심각해졌다.

"그런데 너 언제 와?"

아악! 내가 진짜 이대팔 때문에 못산다. 방학 끝날 쯤 간다고 좀 전에 말했는데 또 같은 질문을 하다니! 애가 건망증이 있는 건가 아니면 놀리려고 일부러 그러는 건가.

"방학 끝날 때쯤 간다고 했잖아."

나는 한숨을 쉬며 말했다.

"아니 그거 말고, 아주 오는 거 말고 말이야. 집에 한번 안 올 거냐고. 뭐 필요한 걸 가지러 올 수도 있잖아. 아니면 집이 잘 있는지 살펴보려고 올 수 있고, 그것

도 아니면 그냥 놀러 올 수도 있는 거고. 나랑 연우 그리고 미지가 보고 싶으면 올 수도 있잖아. 여진이 너는 학원에 안 다니니까 시간도 많을 테고. 내일 올래? 아니면 모레?"

"이대팔, 너 왜 그래?"

집이 잘 있는지 보러 오라니. 그 말이 좀 이상했다.

"여진이 네가 오면 너희 집 옷장을 확인해 보려고."

내가 이대팔 때문에 정말 못살겠다. 뭐라고 하려는데 전화기 저편이 이상하게 조용했다. 이대팔이 벌써 전화를 끊은 거였다.

2301호 아줌마

집에는 가지 않기로 했다. 밤에 자면서도 계속 이대팔이 했던 말을 생각했다. 생각하면 생각할수록 집에 가고 싶은 마음이 없어졌다. 잠도 제대로 못 자고 생각을 하도 많이 했더니 너무 피곤했다. 아침이 되어도 일어나기가 싫었다. 말할 힘도 없었다.

"나여진, 왜 그래? 어디 아파?"

고모가 걱정했다.

"아니요."

"그런데 왜 그래? 더위 먹은 거 아니야? 혹시 너, 낮에 매일매일 나돌아 다니는 건 아니지?"

"아니에요."

절대 아니라고 팔짝 뛰고 싶은데 기운이 없었다. 나는 문득 할머니가 떠올랐다. 할머니는 걱정거리가 있으면 밤에 제대로 잠을 못 자고, 그러면 온종일 아무 일을 할 수 없을 정도로 기운이 없고 피곤하다고 그랬었다. 그래서 사람은 걱정을 만들지 말고 살아야 한다고 했다. 나는 할머니가 그런 말을 할 때 할머니가 잘 이해가 되지 않았다. 걱정거리가 있어도 생각할 게 있어도 밤에는 잠시 멈추고 자면 되는 거라고 생각했다. 하지만 지금은 할머니가 이해되었다.

"낮에도 에어컨 켜고 있어. 우리 집이 서향이라서 낮에는 엄청 더울 거야. 정말 아픈 건 아니지?"

고모가 내 이마를 짚었다. 무덤덤하던 고모가 진심으로 걱정하는 모습에 감동이 밀려왔다.

"점심에 뭐 먹고 싶니? 내가 배달시켜 줄게."

밀려온 감동이 마음속에서 넘실넘실 춤을 췄다. 눈물이 나오려고 했다.

"여진이 네가 아프면 내가 곤란하거든. 너희 할머니이자 우리 엄마가 나를 얼마나 원망하시겠니? 나는 누군가에게 원망받고 그러는 거 딱 질색이거든."

고모가 '딱 잘색이거든'이라는 말에 힘을 주었다. 나오려던 눈물이 쏙 들어갔다. 파도처럼 넘실거리던 감동도 순식간에 내 마음속에서 밀려 나갔다. 고모답다.

나는 고모가 출근하고 나서 다시 잠이 들었다. 얼마를 잤을까? 휴대폰 소리에 눈을 번쩍 떴다. 하지만 휴대폰 받을 힘도 없었다. 나는 휴대폰을 받지 않았다. 끊겼던 휴대폰 벨 소리가 잠시 후 다시 울렸다. 나는 휴대폰을 집어들었다. 서율이었다.

"눈송이 산책 갈 건데 같이 갈래?"

전화를 받자마자 서율이가 물었다. 나는 서율이가 이해되지 않았다. 어제 뜨거운 밖에서 기다리게 만들었으면 미안하다는 말부터 해야 하는 거 아닌가.

"지금 나와."

싫다고 말하려는데 서율이는 자기 할 말을 하고는 전화를 끊어 버렸다.

서율이는 현관문 앞에서 기다리고 있었다. 나를 본 눈송이가 앞다리를 번쩍번쩍 들고 반겼다. 입을 벌리고 기다란 혀를 내밀고 헥헥거리기도 했다.

"눈송이가 여진이 너를 친한 사람으로 생각하나 봐. 개들은 이게 웃는 모습이거든. 너를 보고 활짝 웃잖아?"

서율이가 말했다. 서율이는 어제 일에 대해서는 말하지 않았다. 까맣게 잊은 아이 같았다.

"어제는 왜 산책 못 한 거야?"

나는 그런 서율이가 좀 못마땅해서 물었다.

"갑자기 급한 일이 생겼었거든. 나중에 말해 줄게."

서율이는 엘리베이터 버튼을 누르며 내 눈을 피했다.

아파트에서 가까운 곳에 공원이 있었다. 공원이 저만큼 보이자 눈송이는 전속력으로 공원을 향해 돌진했다.

"눈송이, 뛰지 마!"

서율이가 소리쳐도 소용없었다.

눈송이는 공원 이곳저곳을 킁킁거리고 냄새를 맡으며 돌아다녔다. 다리를 번쩍번쩍 들고 오줌을 누기도 했다.

"우리 눈송이 되게 똑똑해. 공원에 오면 오줌을 자주 누는데 아파트 단지 안에서는 이러지 않거든. 공중도덕을 아는 개라고 말할 수 있지."

서율이가 눈송이 자랑을 했다. 눈송이는 자기 자랑을 하는 걸 아는 거처럼 나를 바라봤다. 들었지? 나, 이런 개야! 눈송이 눈이 이러고 말하는 거 같았다.

"우리 눈송이랑 사진 찍을까? 그런데 사진관에 우리 눈송이가 들어가도 괜찮나 모르겠다."

서율이가 말했다.

"들어갈 때 안고 들어가고 안에서도 얌전히 사진만 찍고 곧바로 나오면 괜찮을 거 같은데? 눈송이가 공중도덕을 아는 개라며? 사진관에서 지켜야 할 예절을 알고 있을 거 같은데?"

나도 눈송이와 사진 찍는 거 찬성이었다. 되게 재미있는 추억이 될 거 같았다.

"그건 그래."

내 말에 서율이가 활짝 웃었다. 나와 서율이는 눈송이를 데리고 사진관으로 갔다.

"어? 여기 강아지 데리고 와도 되는 곳이네. 이것 봐, 강아지랑 같이 찍은 사진도 있어."

사진관에 들어가자마자 서율이가 큰 소리로 말했다. 벽에 강아지와 같이 찍은 사진이 붙어 있었다.

"어? 이 사람!"

서율이가 사진 하나를 가리켰다. 아이와 아이 엄마인듯

한 사람이 활짝 웃고 있는 사진이었다. 그런데 아이 엄마인 듯한 사람이 낯익었다.

"어디서 많이 보던 사람 같다. 그런데 누군지 생각이 안 나네."

서율이도 나와 같은 생각을 하고 있었다. 나와 서율이는 잠시 그 사진을 뚫어지게 바라봤다.

"여진아, 이것 봐. 이런 것도 있네."

곧 서율이가 다른 곳을 가리켰다. 서율이가 가리킨 사진관 구석에는 '반려 동물 소품'이라는 팻말이 있었다. 그리고 머리띠와 스카프가 있었다. 구석에 있어서 저번에는 못 봤었다.

서율이는 눈송이 목에 빨간색 스카프를 해 주었다. 나는 눈송이 표정에 웃음이 터졌다. 눈송이는 '멋지게 둘러 줘라' 이런 표정으로 점잖게 앉아 있었다. 눈송이는 서율이가 스카프를 둘러 주자 벌떡 일어나 거울 앞으로 갔다. 그리고는 거울에 비친 자신의 모습을 뚫어져라 바라봤다. 서율이 말대로 똑똑했다.

눈송이를 데리고 핑크 조명 부스로 들어가려던 나와 서

율이는 멈춰 섰다. 누군가 안에 있었다.

"기다리자."

서율이가 말했다.

그때였다.

"아니, 아니, 그 포즈 말고. 이렇게, 이렇게!"

핑크 조명 부스 안에서 목소리가 들렸다.

"이렇게 해야 더 잘 나온다니까. 이렇게 해 봐."

목소리는 계속 들렸다.

얼마 후 핑크 조명 부스의 커튼이 열렸다. 순간 나는 깜짝
놀랐다. 2301호 아줌마였다.

"그런데⋯⋯."

나와 서율이는 누가 먼저랄 것도 없이 서로를 마주 봤다.
부스에서는 2301호 아줌마만 나왔다. 다른 사람은 아무도
없었다.

"어떻게 된 거야? 서율이 너도 들었지? 포즈 취하라고 말
했던 거⋯⋯."

2301호 아줌마가 사진관에서 나가고 나서 나는 서율이
에게 물었다. 서율이가 고개를 끄덕였다.

"누구한테 말한 거야?"

나와 서율이는 2301호 아줌마가 보이지 않을 때까지 밖을 바라보다 부스 안으로 들어갔다.

눈송이는 천재견이었다. 서율이가 시키는 대로 포즈를 잡았다.

"우리 눈송이 최고다! 나는 눈송이 없으면 못 살아!"

서율이가 말했다. 나는 서율이 말을 이해할 수 있었다. 나도 한순간 눈송이 매력에 풍덩 빠졌으니까.

사진관에서 나와 집으로 돌아갈 때였다. 라면집 창가 자리에 2301호 아줌마가 앉아 있는 게 보였다. 아줌마는 라면 두 그릇을 시켜 놓고 앉아 있었다. 나는 서율이에게 아줌마가 라면집에 있다는 말을 하려다 말았다. 나와 서율이, 눈송이까지 아줌마를 바라보면 아줌마도 눈길을 느낄 거고 우리 쪽을 바라볼 거다. 무슨 일인지는 모르지만 아줌마를 방해하고 싶지 않았다.

"아까 사진관에서 본 아줌마 있잖아? 2301호에 살아."

나는 서율이에게 말했다.

"그래? 이상한 아줌마가 같은 층에 사는구나."

"이상한 아줌마?"

나는 되물었다.

"이상하잖아? 혼잣말하는 거 여진이 너도 들었잖아."

서율이 말대로 이상하긴 이상했다.

엘리베이터를 기다리고 있는데 서율이가 갑자기 내 팔을 꽉 잡았다.

"왜?"

"저기."

서율이가 턱짓을 했다. 저만큼 2301호 아줌마가 걸어오고 있었다. 2301호 아줌마는 나와 서율이 뒤에 서서 엘리베이터를 기다렸다. 눈송이가 힐끔힐끔 2301호 아줌마를 바라봤다. 짖을까 말까 망설이는 거로 보였다. 눈송이를 쳐다본 서율이가 줄을 짧게 잡았다.

엘리베이터를 탄 2301호 아줌마는 광고판만 뚫어져라 바라봤다.

'어디 아픈가? 그리고 어쩐지 운 거 같기도 한데.'

2301호 아줌마 옆얼굴을 보자 이런 생각이 들었다.

"나여진, 너 왜 자꾸 저 아줌마를 힐끔거려? 그러다 왜 처다보느냐고 따지기라도 하면 어쩌려고? 이상한 사람은 무조건 조심해야 해. 좁은 엘리베이터 안에서 무슨 일이 벌어질까 봐 조마조마해서 혼났네."

2301호 아줌마가 집으로 들어가고 나서 서율이가 내 옆구리를 찌르며 말했다.

"어디 아픈 거 같았어. 운 거 같기도 하고."

"누가?"

"2301호 아줌마."

나는 2301호 현관문을 바라봤다.

"울 수도 있지. 여진이 너도 울지 않니? 세상에 울지 않는 사람이 어디 있어? 이상한 아줌마도 울 일이 있나 보네."

서율이는 한 마디 더 했다.

"그런데 서율아, 2301호 아줌마를 자꾸 이상한 아줌마라고 하지 않았으면 좋겠어. 전혀 이상하지 않은 사람일 수도 있잖아. 나도 처음에는 서율이 너를 이상한 아이라고 생각했었거든. 하지만 너는 이상한 아이가 아니었어."

내 말에 서율이는 아무 말도 하지 않았다.

수상한 옆집

나는 울음소리에 눈을 떴다. 바람이 요란스럽게 불고 있었다. 나는 벌떡 일어나 벽에 귀를 댔다. 벽 너머에서 나는 소리 같기도 하고 아닌거 같기도 했다. 나는 방에서 나와 맨 끝방으로 가서 벽에 귀를 대 봤다. 여전히 헷갈렸다. 하지만 자꾸만 머릿속에는 2301호가 떠올랐다.

"나여진!"

"으아악! 깜짝이야!"

나는 어둠속에서 우렁차게 들리는 목소리에 소스라치게 놀랐다. 집 안에 불이 환히 켜졌다. 고모였다.

"고모, 깜짝 놀랐잖아요."

"나는 도둑이 침입한 줄 알고 더 놀랐어. 왜 잠 안자고 돌

아다녀?"

"울음소리요."

나는 목소리를 낮췄다.

"무슨 소리?"

"울음소리요."

"또 울음소리 타령이니?"

고모는 슬리퍼를 직직 끌고 주방으로 가서 정수기에서
물을 받았다.

"정말이에요. 분명 들었어요. 누가 왜 밤만 되면 우는 걸까요?"

"밤만 되면 우는 게 아니라 낮에도 울 수 있어. 하지만 낮에는 다른 소음에 묻혀서 들리지 않는 거지. 밤에만 운다고 생각하지 마. 그런 생각을 하니까 더 이상하고 더 수상하고 더 무서운 거야. 사람이 살다 보면 울 수도 있지. 돌아다니지 말고 어서 자."

고모는 물을 마시며 돌아섰다.

"고모."

"그만 자라니까."

"아무래도 2301호 같아요. 제가 벽에 귀를 대 봤거든요. 헷갈리기는 해도 그런 거 같아요."

나는 낮에 봤던 2301호 아줌마를 떠올리며 말했다.

"2301호? 나여진, 우리 집하고 2301호 사이에는 비상계단이 있어. 그만 자."

"비상계단이 있으면 소리가 들리지는 않나요?"

"나여진, 나는 기자야. 과학자가 아니라고. 2301호에서 흘러나오는 울음소리가 비상계단을 통해서 우리 집까지 들릴 수 있는지 없는지 내가 어떻게 알겠니?"

고모는 방으로 들어가 버렸다.

자려고 누웠는데 울음소리가 다시 들렸다. 2301호라는 생각을 하도 많이 했더니 시간이 지나면 지날수록 2301호가 확실한 거 같았다. 나는 울음소리가 멈추고 나서야 잠이 들었다.

"내가 진짜 나여진 너 때문에 못살겠다. 어디 아픈 줄 알고 걱정했더니 밤에 제대로 못 자서 아침에 못 일어나는 거구나. 안 되겠어. 오늘부터 나랑 방 바꿔서 자자. 내 방에서는 아무 소리도 들리지 않거든."

아침에 고모가 한숨을 쉬며 말했다.

"시, 싫어요."

나는 방을 바꿔 자자는 말에 정신이 번쩍 들었다. 내가 쓰는 방은 내가 매일 청소해서 깨끗한 편이다. 하지만 고모방은 엉망진창이다. 쳐다만 봐도 정신이 하나도 없다.

"나여진, 싫은 건 나도 마찬가지야. 나도 내 방에서 자야잠도 잘 오고 편해. 하지만 할 수 없어. 오늘 밤부터야."

고모는 더 이상 말하지 말라는 듯 욕실로 들어갔다.

"학원 한 군데 정도는 다니는 게 어떻겠니?"

얼마 후, 고모가 욕실에서 나오며 말했다.

"네가 낮에 너무 심심하고 할 일이 없으니까 밤에 잠이 안 오는 거야."

"아니에요. 낮에 심심하지 않아요. 앞집에 사는 아이랑 친해졌거든요. 강아지 산책도 같이 시키고 놀기도 해요. 얼마나 바쁜데요."

학원 가라는 말에 나는 손사래를 쳤다.

"앞집 아이? 앞집에 아이가 사니? 아이를 한 번도 본 적이 없는 거 같은데? 나랑 비슷한 또래의 여자만 두어 번 봤는데 새로 이사 왔나?"

"그 아이도 방학 동안에 놀러 왔대요. 이모 집에."

"그래? 친구가 생겨서 심심하지는 않겠구나."

고모는 고개를 끄덕였다. 고모가 엄마와 다른 점이다. 엄마라면 그 아이가 어떤 아이냐, 같이 놀아도 괜찮을 아이냐, 꼬치꼬치 물었을 거다.

"이왕 친구와 노는 거 열심히 놀아라. 그래야 밤에 잠도 잘 자지. 하지만 위험한 행동은 절대 안 돼. 아파트 주변에서 멀리까지 가는 것도 절대 안 되고."

고모가 말을 할 때마다 위험한 행동이라는 말을 했다. 그 말을 하도 들으니까 스스로 정말 내가 위험한 행동을 하는 아이라는 착각이 들 정도였다.

고모가 출근하고 난 후, 나는 집에서 나왔다. 그리고 2301호로 다가가 현관문에 귀를 댔다. 지금 울음소리는 들리지 않지만 2301호가 궁금했다.

쿵!

그때 현관문 닫히는 소리가 요란하게 났다. 깜짝 놀라서 뒤돌아봤다. 2303호에서 나오던 사람이 나를 빤히 바라봤다. 처음 보는 사람이었지만 서율이 이모라는 걸 알 수 있었다. 나는 큰 잘못을 하다 들킨 거 같은 기분이 들었다. 얼른 집으로 들어오려는데…….

"네가 나여진이구나? 나, 서율이 이모야."

서율이 이모가 말을 걸었다.

"아, 안녕하세요."

나는 얼떨결에 인사를 했다.

"우리 서율이랑 친해졌다면서? 서율이가 친구가 생겨서

다행이야. 사이좋게 놀아."

서율이 이모는 다정하고 부드러운 목소리로 말했다. 매일 툭툭 던지듯 말하는 고모 목소리만 듣다가 오랜만에 들어 보는 다정하고 부드러운 목소리였다. 그래서 그런지 서율이 이모가 친근하게 느껴졌다.

- 나, 너희 이모 봤다.

나는 서율이에게 문자를 보냈다.

- 그래? 우리 이모 방금 전에 출근했는데. 여진이 너 밖에 나와 있었나 보네? 왜 나와 있었어? 설마 또 울음소리?

너무 놀라 팔뚝을 타고 소름이 오소소 돋았다. 서율이가 그걸 어떻게 알았을까? 서율이도 울음소리를 들은 걸까?

- 지금 너희 이모 집에 가도 돼?

나는 궁금해서 견딜 수가 없었다. 나는 서율이 답도 기다리지 않고 집에서 나와 2303호 초인종을 눌렀다.

"울음소리 때문이라는 거 어떻게 알았어? 너도 들은 거야?"

나는 서율이가 현관문을 열자마자 다짜고짜 물었다.

"아니, 나는 못 들었어."

"그럼 어떻게 알았어?"

"야, 나여진. 숨 좀 쉬고 말해. 어떻게 숨도 안 쉬고 말을 하냐? 그러다 숨 넘어가겠다. 일단 들어와."

서율이가 얼굴을 찡그렸다.

"어떻게 알았어?"

나는 거실로 가서 소파에 앉으며 다시 물었다.

"아침부터 밖에 나와 있다고 해서 그냥 넘겨짚은 거야. 왜 그렇게 호들갑이야?"

서율이는 나를 아래위로 훑어봤다. 호들갑이라는 말에 기분이 상했다.

"기분 나쁘니?"

서율이가 물었다. 너라면 지금 이 상황이 기분 좋겠느냐고 말하려다 그만두었다. 나는 소파에서 일어났다.

"가려고?"

"그럼 가지 뭐 해?"

"아침 안 먹었지? 같이 빵 먹자."

서율이는 좀 미안해하는 거 같았다. 나는 고개를 저었다.

"아참, 우리 이모한테 네 이야기를 했더니 어떻게 해서 만나게 되었느냐고 묻더라고. 아파트는 앞집에 살아도 만나기 힘들다면서 말이야. 우리 이모는 너희 고모를 딱 두 번 밖에 못 봤대. 그래서 너를 만나게 된 이야기를 해 주었지. 사진관에서 처음 보고 난 후, 네가 우리 집을 염탐하는 줄 오해한 이야기까지. 그런데 있잖아, 2301호 아줌마 말이야. 나 지금 빵 먹을 건데 먹고 가."

서율이가 쟁반에 빵을 담아 들고 나오며 말했다. 나는 2301호 아줌마라는 말에 도로 소파에 앉았다.

"2301호 아줌마가 왜?"

"내가 우리 이모한테 2301호 아줌마 얘기를 했거든. 나여진 네 얘기를 하다 보니까 자연스럽게 그 아줌마 얘기도 나왔어. 내가 2301호 아줌마가 이상한 아줌마라고 이모한

테 얘기했거든."

서율이가 후 하고 한숨을 쉬었다.

"아, 너무 슬퍼."

갑자기 서율이가 손가락으로 눈가를 훔쳤다.

"왜?"

나는 나도 모르게 긴장해서 침을 삼켰다.

"나는 슬픈 얘기는 딱 질색인데."

서율이는 또 눈가를 훔쳤다.

"왜에?"

나는 답답해서 숨이 막힐 지경이었다.

"아파트 맨 끝에 초등학교가 있거든. 학교에서 나오면 큰 사거리가 있어. 나는 눈송이 간식 사러 그곳에 가 봤어. 동물병원이 그쪽에 있거든. 그 사거리에서 몇 달 전에 큰 교통사고가 있었어. 4월이었을 거야. 자동차가 인도로 돌진해서 신호를 기다리던 사람들을 덮쳤대. 뉴스에도 나왔어."

"아, 그 사고."

그 사고라면 나도 알고 있다. 고모가 우리 집에 왔을 때 말해 줬었다. 술을 마신 사람이 자동차 운전을 하다가 낸 사고였다. 다섯 명이 다치거나 세상을 떠난 큰 사고였다. 어떻게 술을 마시고 운전을 할 수 있느냐고 할머니와 엄마가 화를 냈었다. 운전자가 점심을 먹으면서 술을 마셨다는 말에는 더 화를 냈다. 그렇다면 아예 처음부터 술을 마시고 운전을 할 생각이었을 거라고 말이다.

"2301호 아줌마 딸이 그 사고로 세상을 떠났대."

"뭐?"

심장이 툭 떨어지는 충격을 받았다. 나는 씹던 빵을 넘길 수가 없었다. 나는 멍하니 서율이만 바라봤다.

"뉴스에도 세상을 떠난 사람들의 사연이 나왔잖아? 미술
대회에서 상을 받고 집으로 돌아가던 아이도 있었어. 그 아
이가 바로 2301호 아줌마 딸이었대. 2301호 아줌마도 같
이 있었는데 아줌마는 살고 딸은 세상을 떠난 거야."

서율이는 계속 눈가를 훔쳤다.

나는 끝끝내 입에 있는 빵을 삼키지 못했다.

"내가 들었던 울음소리, 2301호 아줌마가 우는 소리였
네."

나는 틀림없다는 생각을 했다.

집으로 돌아오며 나는 2301호 현관문을 한참 동안 바라
봤다.

'2301호 아줌마는 딸과 사진을 자주 찍으러 다녔던 거야.
그래서 아줌마는 자꾸만 사진을 찍으러 가는 거고.'

2301호 아줌마와 아줌마 딸은 추억을 만드는 사진관에
서 추억을 만들었던 거다. 옆에 아무도 없는데 마치 딸이
있는 거처럼 포즈를 잡으라고 말하던 2301호 아줌마 목소
리가 떠올랐다. 2301호 아줌마는 딸과 함께 만든 추억을
혼자서 매일매일 떠올리고 곱씹고 있었던 거다. 콧날이 시

큰해졌다.

'아줌마는 딸과 라면도 자주 먹었을 거야.'

2301호 아줌마 딸은 라면을 좋아했을 수도 있다. 상가에 있는 라면집에 아줌마와 같이 가서 라면을 자주 먹었을 거라는 생각이 들었다. 2301호 아줌마와 아줌마 딸이 자주 먹는 라면이 있었을 수도 있다. 라면집 사장님은 그걸 알고 시키지 않아도 그 라면을 끓여 주는 것일 수 있다. 눈가가 뜨거워졌다. 나는 뜨거워진 눈가를 손등으로 문질렀다. 집으로 들어와서도 신경은 온통 현관문 밖으로 향했다.

10시! 현관문 소리가 들렸다. 나는 슬쩍 현관문을 열고 엘리베이터 앞을 바라봤다. 2301호 아줌마가 엘리베이터 앞으로 다가가 버튼을 눌렀다.

- 2301호 아줌마 나왔어. 어디 가는 걸까?

나는 서율이에게 문자를 보냈다.

- 사진관이나 라면집 가는 거 아닐까?

서율이한테는 금세 답 문자가 왔다. 서율이도 나와 같은 생각을 하고 있었다. 나는 베란다로 가서 밖을 내다봤다. 잠시 후 2301호 아줌마가 보였다. 아줌마는 천천히 놀이터로 갔다. 아줌마는 그네에 앉았다. 그리고 오래오래 그네에서 내려오지 않았다.

'아줌마 딸이 그네를 잘 탔나 보네.'

문득 그 생각이 들었다.

한참 후에 놀이터에서 나온 아줌마는 아파트 정문을 향해 천천히 걸어갔다. 2301호 아줌마의 등이 쓸쓸해 보였다.

영민 사거리 사건

"그래?"

고모 눈이 휘둥그레졌다.

"나도 그 아이 사연을 뉴스에서 보고 엄청 마음이 아팠는데 그 아이가 우리 옆집에 살았다니. 전혀 모르고 있었네."

고모도 놀란 모양이었다.

"그 울음소리 말이에요. 2301호 아줌마가 우는 소리 같아요. 어젯밤에도 들었어요. 어젯밤에는 잠시 울다가 그쳤지만요."

"나여진. 2301호 아줌마 사연을 듣고 보니 그럴 수도 있을 거 같아. 하지만 2301호와 우리 집 사이에는 비상계단이 있어. 2301호에서 나는 울음소리는 우리 집에 들릴 수 없는 구조야. 우리 아파트 구조가."

고모가 고개를 저었다.

"아무튼 나여진, 이건 혹시나 해서 하는 말인데 말이야. 2301호 아줌마와 마주치는 일이 있다고 해도 절대 그 일이 생각나게 하는 행동은 하지 마. 측은한 눈빛으로 아줌마를 바라본다거나 아무 이유도 없는데 뭘 도와주려고 한다거나, 그 아줌마 입장에서 봤을 때 '얘가 왜 이러지?' 하는 느낌이 들게 하지 말란 말이야. 그런 행동은 도리어 아물어가는 상처를 헤집는 일이 될 수도 있거든."

고모는 눈에 힘을 주고 말했다. 나는 2301호 아줌마를 만나면 뭘 어떻게 해야겠다는 생각은 해 본 적이 없다.

"혹시나 해서 하는 말이야. 네가 워낙 남의 일에 참견하기 좋아하니까."

고모가 한 마디 더 했다.

"제가 뭐 아무 일에나 참견하나요?"

나는 무턱대고 남의 일에 참견하는 그런 아이는 아니다. 나도 생각이라는 걸 하는 아이다.

"상처가 나면 딱지가 앉아야 하고 딱지가 앉고 나서도 한참이 지나야 상처가 낫는 거야. 공연히 딱지를 떼어 냈다가는 상처가 덧나는 법이야. 남의 상처에 앉은 딱지를 떼는 일은 하지 말라는 뜻이야. 무슨 말인지 알지? 무슨 말인지 잘 이해가 되지 않으면 다시 설명해 줄게."

"알아요."

나는 고모 말을 잘랐다.

"그런데 오늘 출근 안 하세요?"

"오늘 토요일이야. 쉬는 날."

고모는 기지개를 켜며 방으로 들어갔다.

내 신경은 자꾸만 현관문 밖으로 향했다. 현관문 소리가 나면 열어 보고 싶은 충동에 팔다리가 움찔거렸다.

- 여진아, 눈송이 산책 갈 건데 같이 갈래?

10시가 조금 넘어 서율이에게 문자가 왔다. 나는 마음속으로 만세를 불렀다. 나는 고모에게 서율이와 같이 눈송이 산책을 시켜 주고 와도 되느냐고 물었다.

"다녀와."

고모는 이불을 머리끝까지 뒤집어쓴 채 말했다. 에어컨을 켜지 않았는데 덥지도 않나? 고모는 왜 누우면 이불을 머리끝까지 뒤집어쓸까? 갑자기 궁금증이 생겼다. 생각해 보니 항상 그랬다.

"뭘 그렇게 쳐다보고 서 있어? 눈송이 산책시키러 간다며?"

"가, 가요."

신기했다. 이불을 뒤집어쓰고 있으면서 내가 쳐다보고 있는 걸 알다니. 이불을 뚫고 볼 수 있는 능력이라도 있나? 나는 재빨리 집에서 나왔다.

눈송이는 다른 날보다 힘이 더 넘치는 모양이었다. 거의 날다시피 달렸다. 길도 기막히게 잘 알았다. 눈송이는 곧장 공원으로 향했다. 나는 공원으로 가면서도 주변을 둘러보고 상가를 지나갈 때는 라면집을 유심히 바라봤다. 2301호 아줌마는 보이지 않았다.

나는 서율이에게 2301호 아줌마 이야기를 하려다 말았다. 고모 말대로 그 아줌마에 대한 말을 자꾸 하는게 상처를 헤집는 일일지도 모른다는 생각이 들었다. 나와 서율이는 눈송이만 열심히 따라다녔다. 공원에도 햇볕이 다 퍼질 무렵, 나와 서율이 그리고 눈송이는 공원에서 나왔다. 저만큼 그 사거리가 보였다. 서율이도 사거리 쪽을 보고 있었다. 서율이도 2301호 아줌마를 생각하고 있는 게 확실했다.

"어젯밤에도 울음소리가 들렸는데……."

나는 조심스럽게 말했다. 서율이가 2301호 아줌마에게 관심을 갖고 있다는 확신이 들자 나도 모르게 나온 말이었다. 서율이는 아무 말도 하지 않았다.

"사진 찍으러 갈까? 2301호 아줌마가 거기에 있을 수도 있어."

사진관 건너편에 도착했을 때 나는 서율이에게 물었다.

"여진아, 우리 앞으로는 2301호 아줌마에 대해 얘기하지 말자. 관심을 갖지 말자는 뜻이야. 모른 체해 주어야 그 아줌마도 마음이 더 편할 거야. 솔직히 남이 아는 척하고 그러면 더 힘들거든. 나는 앞으로 2301호 아줌마에 대해 참견도 관심도 갖지 않을 거야. 가끔 사진을 찍으러 가고 라면을 먹으러는 갈 거야. 하지만 그 아줌마가 오는지 어쩌는지 신경 쓰지 않을 거야."

서율이가 말했다. 목소리에 얼마나 힘을 주고 말하는지 나는 공연히 주눅이 들었다. 꼭 내가 2301호 아줌마를 힘들게 하려는 아이처럼 생각되어서 말이다.

고모는 아직 이불을 머리끝까지 뒤집어쓰고 있었다. 현관문 소리가 나도 아무 기척도 하지 않는 걸 보면 잠든 모양이었다.

나는 인터넷에서 그 사건을 찾아봤다. 사람들은 그 사건을 '영민 사거리 사건'이라고 했다. 기사 중에는 2301호 아줌마 딸 사연이 있었다. 나는 기사를 읽고 나서 기사에 딸린 댓글도 읽었다.

· 결혼하고 10년 만에 시험관으로 낳은 딸이래요.
· 우리 아이와 같은 반 아이예요. 그림도 잘 그리고 예쁜 아이였는데.
· 음주 운전! 완전 남의 가정을 망가뜨리는 나쁜 짓!
· 술을 마시고 운전해도 큰 벌을 안 받으니까 자꾸 그런 사람들이 있음.

주르륵 댓글창을 내리는데 사고 날짜와 한참이나 지난 날짜로 댓글이 하나 달려 있었다.

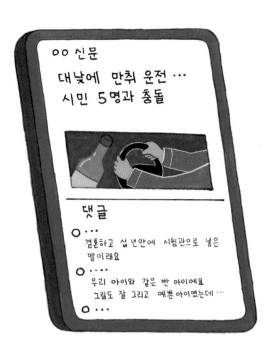

· 이 아이 집안 완전 망가졌음. 아이가 사고 당한 후 부부가 이혼했음.

그런데 가해 운전자는 지금 아주 잘살고 있다네. 이럴 수 있음?

쿵! 뭔가 무거운 거로 뒤통수를 얻어맞은 거 같았다. 이름도 얼굴도 모르는 그 운전자가 말도 못 하게 미웠다. 그 다음 댓글에 나는 더 충격을 받았다.

· 그 아이 엄마 정신이 좀 이상해졌다고 해요.

나는 댓글을 멍하니 바라봤다. 안개가 낀 듯 뿌연 머릿속으로 2301호 아줌마 얼굴이 떠올랐다.

충격은 심했다. 나는 아무것도 할 수 없었다. 베란다로 나가 멍하니 밖을 바라봤다.

"나여진, 뭐 해?"

나는 고모 목소리에 그제야 정신이 들었다.

"아직 점심 안 먹었지? 우리 뭐 먹을까? 일단 밖으로 나가자. 와, 오늘도 엄청 덥겠다."

고모는 기지개를 켜며 밖을 내다봤다.

고모와 아파트 상가로 갔다.

"나여진, 호박죽 먹을까? 이렇게 더운 날에는 뜨근뜨근한 걸 먹어야 시원하거든."

나는 고모를 힐끗 바라봤다. 고모는 할머니 딸이 맞았다. 전혀 닮지 않은 듯 해도 닮은 곳이 있었다. 할머니가 하는 말을 그대로 하는 걸 보면 말이다.

"뜨근뜨근한 거로 치면 죽보다는 라면이지요."

"라면? 라면 먹을 거면 집에서 끓여 먹지. 뭐 하러 더운데 나왔겠니? 싱크대에 라면 잔뜩 있는데."

고모가 말했다.

"싱크대 어디요? 싱크대에 라면 같은 거 없던데요?"

"그래? 다 먹었나?"

고모는 고개를 갸웃거렸다.

"여진이 네가 라면이 당기면 라면 먹으러 가자. 나도 싫지는 않아."

고모가 라면집으로 성큼성큼 걸어갔다.

나는 라면집으로 들어서며 창가 쪽을 바라봤다. 2301호 아줌마가 저번 그 자리에 앉아 있었다. 탁자 위에는 라면 두 그릇이 놓여 있었다. 2301호 아줌마는 라면을 먹을 생각도 하지 않고 멍하니 바라보고 있었다.

"나는 해물 라면 먹어야겠다. 여진이 너는?"

"저도요."

나는 아줌마를 힐끔거리며 말했다. 라면을 먹으면서도 계속 2301호 아줌마에게 신경이 갔다. 하지만 고모에게는 2301호 아줌마 얘기를 하지 않았다. 2301호 아줌마는 나와 고모가 라면집에서 나올 때까지 그 자리에 그대로 앉아 있었다.

"고모, 고모도 할머니랑 둘이 잘 먹던 음식 있어요?"

나는 나도 모르게 고모에게 물었다.

"할머니랑 둘이 잘 먹던 음식? 갑자기 그건 왜 물어?"

앞서가던 고모가 뒤돌아봤다.

"아니 별 뜻이 있어서 물어본 건 아니고요. 라면을 먹다 보니까 갑자기 궁금해진 거예요. 저랑 엄마랑은 튀김을 되게 좋아하거든요. 그래서 시장이나 마트에 가면 꼭 튀김을 사서 같이 먹어요. 그러니까 그걸 보고 뭐라고 해야 하나, 엄마와 나만의 추억 튀김이라고 해야 하나? 고모도 할머니랑 그런 추억 음식 같은 거 있나 궁금해서요."

"글쎄다. 갑자기 물어보니까 생각은 안 나는데 있는 거 같기도 하다. 그거 별로 중요한 거 아니지? 지금 일 때문에 내 머릿속이 아주 복잡하거든. 그걸 기억해 내려면 머리를 써야 하는데 중요한 일이 아니면 머리를 쓰고 싶지 않아서 말이야."

"뭐, 지금 꼭 기억해 내야 하는 일은 아니에요."

나는 고개를 저었다.

옷장 안이 수상하다

"화분?"

"응, 할머니가 화분 아래에 물을 담은 함지박을 하나씩 두고는 왔는데 그래도 걱정이 되시나 봐. 한국 엄청 덥다며? 오늘 집에 가서 화분에 물 좀 흠뻑 주고 와. 그리고 창문 좀 활짝 열어서 집 안 환기도 한번 시키고."

"가기 싫은데…… 아, 알았어. 갔다 올게."

나는 얼른 말했다. 엄마가 왜 가기 싫으냐고 꼬치꼬치 물으면 곤란하다. 나도 모르게 노랫소리에 대한 말이 튀어나올 수도 있다. 나는 할머니의 인생 여행을 망치고 싶은 마음은 눈곱만큼도 없다.

'미지랑 같이 갈까?'

혼자서는 집에 들어가고 싶지 않았다. 그렇다고 해서 연우에게 같이 가자는 말을 하고 싶지는 않았다. 연우에게 말하면 연우는 이대팔을 부를 테니까. 이대팔은 보나마나 옷장이 어쩌고저쩌고 떠들 거다.

- 나, 지금 우리 집에 가거든. 만날까?

나는 미지에게 문자를 보냈다.

- 헉, 나 지금 학원 가는 길. 영어 학원 마치면 곧바로 수학 가야 해. 학원 시간이 바뀌어서 연달아 수업이야.

미지 문자를 보는데 한숨이 절로 나왔다. 나는 어쩔 수 없이 연우에게 문자를 보냈다.

- 연우야, 나 지금 우리 집에 가는 길. 현관 앞에서 다시 문자 할게. 만나자. 이대팔한테는 말하지 마.
- 엥? 지금 이대팔이랑 같이 있는데.

- 여진아, 왜 나한테는 말하지 말라고 해? 네가 연우에게 보낸 문자 나도 같이 봤는데?

맙소사! 나는 얼굴이 뜨거워졌다.

- 아니, 그냥 얼른 화분 물만 주고 오려고 그런 거지. 너도 학원 가야 할 테고 바쁠 거 같아서.

나는 얼른 둘러댔다. 그나저나 연우와 이대팔이 언제부터 문자를 같이 보는 사이가 되었담.

연우와 이대팔은 현관문 앞에서 기다리고 있었다.

"너희 둘이 언제부터 문자도 같이 보는 사이가 되었냐?"

나는 이대팔에게 좀 미안했다. 그래서 엘리베이터에서 내리자마자 말했다.

"이대팔하고 나하고 여름 방학 동안 같은 영어 학원에 다니게 되었잖아. 영어 학원 보충을 이대팔이 모른다고 해서 시간표를 보여 주고 있는데 여진이 네 문자가 온 거야. 문자를 같이 보는 사이는 무슨. 야, 그렇게 말하니까 이대팔

하고 나하고 꼭 사귀는 사이 같잖아?"

연우가 얼굴을 찡그리며 말했다.

"야, 연우야. 그렇다고 해서 인상까지 팍팍 쓰며 말할 건 뭐야? 물론 나도 여진이 말을 듣는 순간 그 생각을 했어. 그런데 나와 연우는 절대 저얼대! 사귀는 사이가 아니야. 사귈 마음도 없고."

이대팔도 얼굴을 찡그렸다.

"나는 너희 둘이 사귄다는 뜻으로 그런 말 한 거 아니거든."

나는 현관 비밀번호를 누르고 문을 활짝 열었다.

"야, 문을 열면 연다고 말을 하고 열어야지, 갑자기 열면 어떻게 해? 마음의 준비도 안 되었는데……."

이대팔이 내 뒤로 붙어섰다. 나는 뒤돌아봤다. 무슨 마음의 준비를 하느냐고 쏘아붙이고 싶었다. 왜 자꾸 우리 집을 이상한 집으로 만드느냐고 따지고 싶었다. 하지만 그러면 이대팔은 또 영화 이야기를 할 거다.

"연우한테 옷장 얘기 했다며? 나는 화분 물 줄 테니까 너랑 연우랑 옷장 열고 살펴봐."

나는 곧장 베란다로 나갔다.

"나여진, 그건 아니지."

이대팔이 나를 쪼르르 쫓아왔다.

"너희 집 옷장을 내가 어떻게 마음대로 열어 봐? 그건 남의 집에 대한 예의가 아니지. 주인이 열어야지."

이대팔 표정이 뭔가 모르게 비장했다. 나는 심호흡을 한 다음 마음을 차분히 가라앉혔다. 그래, 우리 집 옷장에는 이상한 것은 없을 거야. 엄마가 문단속을 잘하고 갔을 테니까. 연우가 잘못 들은 거고 이건 순전히 이대팔의 상상일 뿐이야. 내가 이대팔 상상에 자꾸 질질 끌려가면 안 될 거 같았다. 나는 보란 듯 이대팔의 상상을 와장창 깨 주고 싶었다. 나는 가슴을 쫙 펴고 안방으로 들어갔다. 그때 갑자기 이대팔이 현관으로 가더니 현관문을 벌컥 열어 놨다. 그걸 보자 잠시 잠잠해졌던 가슴이 다시 두근거리고 복잡해졌다. 나는 다시 심호흡을 했다.

"여진아."

내가 안방 옷장 문을 열려는 바로 그 순간이었다. 뒤따라 들어온 연우가 내 손목을 잡으며 속삭였다. 나는 연우의 행동에 놀라서 연우를 바라봤다. 연우가 겁을 잔뜩 집어먹은 눈으로 옷장을 가리켰다.

"왜?"

나는 연우가 왜 그러는지 알 수가 없어서 입 모양으로 물었다. 연우가 조심스럽게 옷장 앞으로 한 발 다가서서 가리킨 곳에는 옷자락이 있었다. 옷장 틈에 낀 옷자락이었다.

"으악, 저 옷……."

이대팔이 소리를 지르려는 순간, 나는 잽싸게 손바닥으로 이대팔 입을 막았다.

"들으면 어쩌려고 그래?"

나는 이대팔 귀에 대고 속삭였다.

"아, 맞아. 옷장 안에 숨어 있는 사람이 들으면 안 되지."

이대팔이 중얼거렸다.

연우가 나와 이대팔 손목을 잡아끌었다.

나는 화분에 물도 주지 못한 채 집에서 나왔다.

"이대팔, 너는 거기서 소리를 지르면 어떻게 해? 간 떨어지는 줄 알았잖아?"

연우가 가슴을 쓸어내리는 시늉을 하며 이대팔을 원망

했다.

"옷장 안에 숨어 있는 사람이 내 목소리를 들었을까?"

이대팔이 물었다. 이대팔이 그 말을 하는 순간 정신이 번쩍 들었다.

"옷장 안에 누가 있다고 그래? 이대팔 네가 봤어?"

나는 쏘아붙였다.

"나여진, 너도 그 사람이 들으면 어쩌냐고 그랬잖아? 그러면서 네가 내 입을 막았잖아? 왜 나한테만 그래?"

이대팔이 볼멘소리를 했다.

"맞아, 여진이 네가 그렇게 말했어."

연우도 말했다. 생각해 보니 이대팔과 연우 말이 맞았다.

"그, 그건 이대팔 네가 자꾸 그런 말을 하니까 나도 모르게……."

나는 이대팔을 원망했다. 이대팔은 할 말이 있는 듯 입을 오물거리더니 그만두었다.

"그런데 화분 물 안 줘서 어떻게 하나?"

연우가 걱정했다. 나도 그게 걱정이었다. 엄마가 물어보면 줬다고 거짓말을 할 수는 없었다.

"물 주고 올래."

나는 현관문 비밀번호를 눌렀다. 되도록 천천히 눌렀다. 그리고 현관문을 열 때도 천천히 열었다.

"우리도 같이 들어가 주자."

이대팔이 현관문을 열어 놓고 나를 따라 들어왔다. 화분에 물을 주는데 자꾸만 안방이 신경 쓰였다. 지금이라도 옷장 문을 열어 봐야 하는 거 아닌가? 그래야 이대팔의 상상을 깰 수 있는데……. 하지만 나는 옷장 문을 열어 보지 못하고 집에서 나왔다.

"내가 앞으로도 계속 살펴볼게. 여진이 너희 집에서 소리가 나는지."

연우가 말했다.

"아니, 그러지 마. 자꾸 우리 집에 참견하지도 말고 관심도 갖지 마."

나는 연우에게 짜증을 부렸다. 따지고 보면 이대팔이 상상을 시작한 것도 연우 때문이었다. 그리고 연우는 계속 이대팔의 상상을 더 크게 만들어 주고 있다.

"왜 화를 내?"

연우가 두 눈을 끔벅이며 말했다.

"맞아, 연우한테 왜 화를 내? 연우한테 고맙다는 말을 하지는 못할망정."

이대팔이 말했다.

"너희 둘 진짜 왜 그래? 언제부터 편 들어주는 사이였어?"

나는 연우도 이대팔도 마음에 들지 않았다. 나는 소리를 빽 지른 다음 엘리베이터를 타고 내려와 버렸다. 인사도 하지 않았다. 생각하면 생각할수록 화가 났다. 연우와 이대팔이 힘을 합해 우리 집을 이상한 집으로 몰아붙이는 거 같았다.

"할머니랑 엄마 아빠가 여행에서 돌아올 때까지 절대 집에 안 가."

나는 옆에 누가 있는 거처럼 큰 소리로 말했다.

고모 집으로 오는 내내 기분은 좋아지지 않았다. 꼭 우리 집을 누군가 통째로 훔쳐 간 거 같은 기분이 들었다. 우리 집을 도둑 맞은 느낌! 딱 그랬다.

"어? 2301호 아줌마다."

큰길 횡단보도 앞에 서 있는데 건너편에 2301호 아줌마가 보였다. 나는 우두커니 서 있는 2301호 아줌마를 바라봤다. 볼 때마다 같은 옷을 입고 있었고 볼 때마다 흰 줄이 있는 빨간 운동화를 신고 있었다.

신호등이 바뀌고 나와 2301호 아줌마는 길 한가운데서 스쳐 지나갔다. 나는 2301호 아줌마가 내 옆으로 지나갈 때 슬쩍 아줌마 얼굴을 바라봤다. 오늘도 얼굴색이 좋지 않았다. 좋지 않은 정도가 아니었다. 오늘따라 유독 까매 보였다.

나는 길을 건넌 다음 건너편을 바라봤다. 2301호 아줌마는 사진관으로 가고 있었다. 뜨거운 햇살을 등에 지고 걸어가는 2301호 아줌마의 어깨가 한없이 늘어져 보였다.

'아줌마와 아줌마 딸은 저 사진관에서 어떤 추억을 만들었을까?'

문득 그 추억이 궁금해졌다.

'혹시 사진관에 아줌마와 아줌마 딸이 같이 찍은 사진도 있을까?'

2301호 아줌마가 하루도 빠짐없이 사진관에 가는 이유는 사진관에서 딸과 함께 만든 추억이 많아서일 거다. 딸과 같이 자주 사진관에 갔다면 사진을 붙여 놓았을 수도 있다.

나는 상가 편의점에 갔다. 아이스크림을 사서 편의점 구석 자리에 앉았다. 그리고 아이스크림을 먹으며 사진관을 뚫어지게 바라봤다.

얼마 후 2301호 아줌마가 사진관에서 나왔다. 나는 2301호 아줌마가 길을 건너와 아파트 쪽으로 가는 걸 본 다음에 편의점에서 나왔다.

나는 사진관으로 가서 벽에 붙은 수백 장의 사진들을 하나하나 자세히 살펴봤다.

내 눈은 서율이가 가리켰던 사진에 멈췄다.

'2301호 아줌마 아닌가? 맞는 거 같은데.'

나는 사진을 뚫어져라 바라봤다. 처음 봤을 때 낯익은 얼굴이라고 생각했었다. 하지만 누군지 떠오르지 않았었는데 오늘 보니 2301호 아줌마와 비슷했다. 하지만 2301호 아줌마라고 말하기에는 사진 속 아줌마는 통통했다. 얼굴도 통통하고 몸도 통통했다. 2301호 아줌마 같기도 하고 아닌 거 같기도 했다. 나는 두 눈을 부릅뜨고 사진을 더 자

세히 봤다. 그래도 헷갈렸다. 나는 2301호 아줌마 옆에서
두 팔로 하트를 만들고 있는 여자아이를 바라봤다. 둘은 해
처럼 환하게 웃고 있었다.

건강에 좋지 않을 텐데

꿈을 꿨다. 나는 안방 옷장에서 삐져나온 옷을 잡았다. 손에 잡힌 옷자락은 약간 물컹한 느낌이었다. 나는 옷을 잡아당겼다. 하지만 옷은 옷장에 꼭 낀 듯 움직이지 않았다. 나는 더 힘껏 옷을 잡아당겼다. 내 힘을 이기지 못하고 옷장 문이 서서히 열렸다. 그런데도 옷자락은 꼼짝도 하지 않았다.

"에잇."

나는 더 힘을 주어 옷자락을 당겼다. 그때였다.

"내 다리 내놔라! 내 다리 내놔라!"

어디선가 쉰 듯한 목소리가 들렸다.

"으아아아악!"

나는 옷장 안을 보고 기절할 듯 놀랐다. 옷장 안에 눈동자 두 개가 번득이고 있었다.

"내 다리 내놔!"

목소리는 옷장 안에서 나왔다. 나는 내가 잡고 있는 옷자락을 바라봤다. 다리였다.

"으악!"

나는 다리를 내던지다시피 놓고 방에서 뛰쳐나왔다.

"여진아! 나여진!"

누군가 내 몸을 마구 흔들었다. 나는 두 눈을 번떡 떴다. 바로 앞에 번득이는 눈동자가 나를 쳐다보고 있었다.

"으으으으으."

"나여진, 왜 그래? 정신 차려. 무서운 꿈이라도 꾼 거야?"

고모였다.

"여, 여기가 어디예요?"

나는 벌떡 일어나 주변을 둘러봤다.

"어디긴 어디야? 우리 집이지. 이 땀 좀 봐. 귀신 꿈이라도 꾼 거니?"

고모가 내 이마를 손으로 훔쳤다.

"예, 귀신 꿈……."

　나는 말을 하다 멈췄다. 우리 집 안방 옷장 안에 누군가 숨어 있다는 말은 하고 싶지 않았다. 그게 귀신인 거 같다는 말은 더 하기 싫었다.

　나는 출근 준비를 하는 고모 뒷모습을 멍하니 바라봤다. 마음이 조금씩 흔들렸다. 고모한테 말해서 같이 집에 가 보자고 할까? 고모는 가족이니까 말을 해야 하는 거 아닌가?

　"고모 바빠요?"

　나는 고모에게 말을 걸었다.

"바쁘지. 잘못하다가는 또 지각하게 생겼는데."

"아니, 지금 말고요. 이번 토요일이나 일요일에요. 바쁘지 않으면 우리 집에 좀 같이 가면 안 돼요?"

"너희 집에? 왜?"

"그, 그게⋯⋯."

얼른 말이 나오지 않았다. 고모가 내 말을 들으면 말도 안 되는 소리 하지 말라고 할 수도 있다.

"화분 물 주러 가야 하는데 지하철이랑 버스 갈아타면서 갈려니까 힘들어서요. 고모 차를 타고 편하게 갔다 오고 싶어서요."

"화분 물? 어제 화분 물 주러 갔다 오지 않았니? 어제 여진이 너희 엄마랑 통화할 일이 있었거든. 어제 물 주러 간 거로 알고 있는데, 안 갔었니?"

"예? 아, 가긴 갔죠? 그런데 아파트 입구에서 친구들을 만나는 바람에 화분 물 줘야 하는 걸 깜박 잊고 신나게 놀다 왔어요. 버스를 타고 나서야 물을 주지 않았다는 게 생각났어요."

나는 그럴듯한 거짓말을 금세 생각해 낸 나에게 감탄했다.

"그럴 수도 있지. 하지만 내가 말도 못 하게 바쁘거든. 토요일에는 집에서 일해야 해. 택시 타고 다녀와. 택시비 줄게. 늦었다. 고모 다녀온다. 아참! 베란다에 있는 쓰레기 봉투 좀 버려 주고 분리수거 좀 해 줘."

고모는 말을 마치고는 현관문이 부서져라 닫고 나갔다.

꿈이었지만 물컹거리는 걸 잡았던 손에서는 계속 그 느낌이 남아 있었다. 나는 그 느낌을 없애려고 비누 거품을 듬뿍 내서 손을 여러 번 씻었다. 그래도 그 느낌은 여전히 남아 있었다. 그리고 옷장 안에서 번득이던 두 눈도 자꾸 떠올랐다.

"아아아아아아! 신경 쓰여!"

나는 두 손으로 머리를 잡고 마구 흔들었다. 그 생각을 털어 내고 싶었지만 소용없었다.

'쓰레기나 버리고 와야겠다.'

나는 쓰레기 봉투와 분리수거통을 들고 집에서 나왔다.

나는 현관을 나서다 멈칫했다. 2301호 아줌마가 엘리베이터 앞에 서 있었다. 2301호 아줌마 옆에는 종이 상자가 놓여 있었다. 나는 조용히 2301호 아줌마 뒤에 섰다. 엘리베이터가 도착하고 2301호 아줌마가 종이 상자를 들고 엘리베이터에 탔다. 나는 숨을 죽이고 2301호 아줌마를 따라 엘리베이터를 탔다. 2301호 아줌마는 엘리베이터 버튼을 누르지 않고 종이 상자를 든 채 멍하니 서 있었다. 나는 재빨리 1층을 눌렀다.

엘리베이터가 움직이자 2301호 아줌마가 비틀거렸다. 나는 당황했다. 움직임도 느껴지지 않는 엘리베이터 움직임에 비틀거리다니. 아줌마가 넘어지려고 했다.

"어어어어어!"

나는 아줌마 팔을 잡았다.

아줌마가 들고 있던 종이 상자가 엘리베이터 바닥에 떨어졌다. 종이 상자 안에서 종이와 비닐봉지가 우르르 쏟아졌다. 분리수거를 하려고 나가던 참이었던 거 같다. 나는 2301호 아줌마를 도와 흩어진 것들을 종이 상자에 주워 담았다. 컵라면 용기가 대부분이었다.

"고맙다."

2301호 아줌마가 말했다.

나는 분리수거 할 때도 2301호 아줌마를 도와주었다.

"고맙다."

2301호 아줌마는 또 고맙다는 말을 했다.

2301호 아줌마 목소리에는 힘이 하나도 들어 있지 않았다. 2301호 아줌마 목소리가 폴폴폴 허공으로 날아오르는 먼지 같다는 생각이 들었다. 나는 혹시라도 아줌마가 또 엘리베이터에서 비틀거릴까 봐 옆에 바짝 붙어 섰다.

땡.

엘리베이터가 23층에 멈췄다. 엘리베이터에서 내리려던 나와 2301호 아줌마는 벼락 치는 소리 같은 목소리에 약속한 듯 깜짝 놀랐다.

"아, 몰라! 마음대로 해. 엄마 마음대로 하라고!"

엘리에이터 앞에서 휴대폰을 들고 소리를 고래고래 지르고 있는 아이는 서율이었다. 나와 눈이 마주친 서율이가 황급히 전화를 끊었다.

"아, 안녕."

서율이는 절대 들켜서는 안 될 걸 들킨 아이처럼 당황해하며 엘리베이터에 탔다.

"눈송이 산책시키러 가는 길이거든."

서율이가 내 눈을 피하며 엘리베이터 버튼을 눌렀다. 엘리베이터 문이 서서히 닫혔다. 2301호 아줌마는 내게 눈으로 인사를 한 다음 집으로 들어갔다. 2301호 아줌마 어깨가 한없이 좁아 보였다. 늘어져 보이기도 했다. 그리고 걸어가면서도 자꾸 비틀거렸다.

'어디 아픈가?'

걱정이 되었다.

'라면만 먹어서 그런가?'

엘리베이터 바닥에 즐비하던 컵라면 용기가 떠올랐다.

'라면만 먹으면 건강에 안 좋을 텐데. 아줌마 딸이 라면을 좋아했나? 그래서 딸이 생각나서 라면만 먹는 건가?'

라면집에서 라면 두 그릇을 시켜 놓고 멍하니 앉아 있던 2301호 아줌마 모습이 떠올랐다. 아줌마 딸이 라면을 좋아했던 건 맞는 거 같다. 그래도 라면만 계속 먹으면 건강에 좋지 않을 텐데 걱정이었다.

'라면을 너무 많이 먹지 말라고 말해 주고 싶은데……'

나는 이런 생각을 하다 고모 말이 생각나 고개를 저었다. 공연히 남의 상처를 헤집지 말라는 말 말이다.

방으로 들어와 침대에 벌렁 누웠다. 그 꿈이 다시 떠올랐다. 나는 인터넷에서 '귀신 꿈'을 검색했다. 왜 그런 꿈을 꾸게 되는지도 검색했다.

'마음이 불안하면 그런 꿈을 많이 꾸게 된다.'

'귀신 생각을 하면 귀신 꿈 꾼다.'

대부분 이런 대답이 나왔다. 한참 귀신 꿈을 검색할 때였다. 우우우웅 소리가 들렸다. 나는 벽에 귀를 댔다. 벽이 울리는 듯한 소리였다.

"울음소리인가?"

그런 거 같기도 하고 아닌 거 같기도 했다. 밤이나 새벽처럼 정확히 들리지는 않았다.

나는 자리를 박차고 일어나 집에서 나왔다. 그리고 2301호 현관문에 귀를 댔다. 조용했다.

'여기가 아닌가? 아니면 울음소리가 아니었나? 아니야. 울다가 그쳤을 수도 있잖아?'

머릿속이 복잡했다. 나는 좀 더 지켜보기로 했다. 현관문에 귀를 더 바짝 댔다. 한참 그러고 있을 때였다.

"뭐 해?"

나는 등 뒤에서 들리는 목소리에 소스라치게 놀라 돌아 봤다. 서율이었다. 눈송이가 나를 향해 앞다리를 번쩍 쳐들었다. 반갑다는 뜻 같았다.

"소리가 나서."

나는 턱으로 2301호를 가리켰다.

"무슨 소리? 울음소리?"

서율이가 물었다.

"확실하지는 않은데 울음소리 맞는 거 같아."

나는 힘주어 말했다. 서율이가 나를 가만히 바라봤다.

"어떻게 해야 해?"

나는 서율이에게 물었다.

"뭘 어떻게 해?"

"새벽이나 밤에 내가 들었던 울음소리 말이야. 그리고 좀 전에 들었던 소리, 다 2301호 아줌마 소리인 거 같아. 아니 같은 게 아니라 확실해. 2301호 아줌마 사연도 가슴 아프고. 아까 분리수거를 할 때 보니까 컵라면 용기가 되게 많더라고. 매일 컵라면만 먹는 거 같아. 걸을 때도 계속 비틀 거리고. 그냥 계속 모른 척해도 될까?"

나는 진심으로 물었다.

"모른 척해 주는 게 나을 거야. 그리고 그렇게 어떤 거에 신경을 쓰면 나여진 너한테도 안 좋을 거 같아. 네가 자꾸 울음소리에 신경 쓰잖아? 그럼 너는 계속 잠도 제대로 못 잘 거야. 그러다가 나중에는 울음소리가 아닌 소리도 울음소리로 착각할 수 있고. 남의 일에는 너무 신경 쓰지 않는 게 좋을 거 같아."

서율이가 대답하는데 서율이 휴대폰이 울렸다. 휴대폰을 확인하는 서율이 얼굴이 일그러졌다.

"나 먼저 들어갈게. 눈송이 가자."

서율이가 집으로 들어가 버렸다.

내가 고모 집 비밀번호를 누를 때 2303호에서 고래고래 고함 소리가 들렸다. 서율이었다. 하지만 하도 고함을 질러 대는 바람에 무슨 소리인지 알아들을 수가 없었다.

'성질 깨나 있는 아이야.'

나는 고개를 절레절레 저으며 이렇게 생각했다. 무슨 일인지 모르지만 차근차근 말로 하면 되지. 왜 저렇게 소리를 질러 댄담.

아무렇지도 않은 사람은 없다

이상했다. 2301호 아줌마가 통 보이지 않았다. 우연히 마주칠 때가 제법 많았던 2301호 아줌마였다. 그런데 전혀 볼 수가 없었다. 서율이도 아줌마를 며칠 동안 못 봤다고 했다.

내 신경은 온통 2301호에 가 있었다. 밖에서 무슨 소리라도 나면 현관문을 열고 밖을 엿봤다. 하지만 2301호 아줌마는 볼 수 없었다.

'무슨 일이 일어난 건가?'

궁금하기도 했지만 궁금한 마음보다 더 큰 건 걱정이었다. 아무것도 먹지 않아 쓰러진 건 아닐까 그 걱정이 제일 컸다.

나는 수시로 벽에 귀를 대고 소리를 들었다. 울음소리도 들리지 않았다.

"고모. 혹시 2301호 아줌마 본 적 있으세요? 며칠 동안 통 안 보여요. 아예 집 밖으로 안 나오는 거 같아요."

나는 하도 걱정이 되어 고모에게 물었다.

"나여진, 네가 24시간 동안 2301호 현관문 앞에서 지켜서 있는 것도 아니잖아? 며칠 동안 네 눈에 띄지 않는다고 해서 집 밖으로 나오지 않는 게 아니야."

고모는 제발 남의 일에 너무 신경 쓰지 말라고 했다.

'내일 아침이 오면 2301호 초인종을 눌러 봐야겠어.'

나는 자면서 결심했다. 그런데 그 결심을 하고 나서 잠이 들 때였다.

우우우우우.

울음소리가 희미하게 들렸다. 나는 자리에서 벌떡 일어나 벽에 귀를 댔다. 분명 울음소리였다. 울음소리가 반가웠다. 2301호 아줌마가 무사하다는 뜻이니까. 나는 오랜만에 푹 잠이 들었다.

낮에는 여전히 2301호 아줌마 얼굴을 볼 수가 없었다.

다음 날 오후에 눈송이 산책을 시키러 서율이와 함께 공원으로 갔다.

"어젯밤에 울음소리가 들렸어. 2301호 아줌마에게 무슨 일이 있는 건 아닌 거 같아. 걱정 무지하게 많이 했거든."

나는 서율이에게 말했다.

"나여진, 너는 남의 일인데도 그렇게 걱정을 많이 하니?'

서율이가 물었다.

"당연하지. 그런 사연이 있잖아. 그리고 힘도 없어 보이고 어딘가 아파 보이는데 걱정이 되지. 서율이 너는 안 그래?"

"나도 뭐 걱정이 되긴 하지."

서율이가 말했다. 서율이 목소리에 힘이 없었다. 그러고 보니 오늘따라 서율이가 유독 기운이 없어 보였다.

"서율이 너 어디 아픈 거 아냐?"

나는 서율이 얼굴을 물끄러미 바라봤다. 자세히 보니 얼굴이 좀 부은 거 같기도 했다.

"아프긴, 아니야."

서율이가 두 손으로 얼굴을 문질렀다.

"우리 라면 먹을까? 눈송이 집에 데려다 놓고 올게."

산책을 마치고 돌아오며 서율이가 물었다. 내가 아까부터 하고 싶었던 말이었다. 2301호 아줌마가 라면집에 있을 수도 있으니까. 하지만 공연히 서율이 눈치가 보여서 말을 하지 못하고 있었다.

"찬성. 나도 라면이 무지하게 먹고 싶거든. 이렇게 더운 날에는 뜨거운 라면이 최고지."

나는 엄지손가락을 올려 보였다.

"여진이 너 먼저 라면집에 가 있어."

서율이는 눈송이를 데리고 아파트로 들어갔다.

나는 라면집 문을 열고 들어가다 멈칫했다. 구석 자리에 앉아 있던 2301호 아줌마가 일어서고 있었다. 아줌마가 매일 앉았던 그 자리에는 다른 사람들이 앉아 있었다. 아줌마가 방금 앉았던 탁자에는 라면 두 그릇이 놓여 있었다.

2301호 아줌마가 입구를 향해 걸어갔다. 금방이라도 넘어질 듯 걸음걸이가 위태로웠다.

'어어어!'

2301호 아줌마가 탁자에 다리를 부딪혔다. 그 바람에 중심을 잡지 못하고 비틀거렸다. 달려가서 2301호 아줌마를 부축하려는 바로 그 순간이었다. 나보다 먼저 누군가가 달려가 2301호 아줌마를 부축했다. 라면집 사장님이었다.

"소희 엄마, 괜찮아?"

라면집 사장님이 2301호 아줌마를 부축하며 물었다. 2301
호 아줌마는 눈을 감고 잠시 움직이지 않았다. 잠시 후 2301
호 아줌마는 손을 좌우로 흔들었다. 괜찮다는 뜻일 거다.

"뭐라도 먹어야지. 아무것도 안 먹고 있는 거지? 이러다
큰일 나."

라면 집 사장님이 말했다. 2301호 아줌마는 계속 손을 천천
히 흔들며 라면집에서 나갔다. 나가면서도 계속 비틀거렸다.

"괜찮을까요?"

나는 라면집 사장님에게 물었다.

"너도 걱정되는 모양이구나? 내 눈에는 괜찮아 보이지 않아. 휴우."

라면집 사장님이 한숨을 쉬었다.

"왜 라면을 시켜 놓고 먹지 않아요? 제가 몇 번 그런 모습을 봤거든요."

"소희랑 둘이 와서 자주 먹던 라면이지. 소희가 유독 라면을 좋아했거든. 라면을 너무 많이 먹으면 몸에 좋지 않다고 소희 엄마가 말려도 듣지 않았어. 간식으로는 꼭 라면을 먹으려고 했지. 그래서 소희 엄마가 내게 부탁했지. 소희가 먹는 라면에 쇠고기나 닭 가슴살을 잘게 썰어서 넣어 달라고. 그리고 쇠고기값과 닭고기값을 주었었지. 그나저나 아무것도 먹지 않고 사는 거 같은데 큰일이네."

라면집 사장님 눈가로 눈물이 삐져나왔다.

그때 서율이가 들어왔다. 나는 라면을 먹으며 서율이에게 좀 전에 있었던 일을 말했다.

"너무 불쌍하다."

서율이가 얼굴을 찡그리며 말했다.

"우리가 도와줄 일은 없을까?"

나는 서율이에게 물었다.

"우리가 도와줄 일이 뭐가 있겠어? 우리가 먹을 걸 들고 2301호를 찾아갈 수는 없잖아? 우리가 먹을 거 가지고 가서 먹으라고 한다고 해서 먹겠어? 라면집 사장님이 먹으라는 말을 안 해 봤겠어? 남들이 아무리 먹으라고 해도 먹기 싫으면 안 먹을 거야. 그리고 2301호 아줌마는 다른 사람이 자기에게 관심 갖는 것조차도 싫어할 거야. 그리고 부담스러워할걸? 그러면 아예 밖으로 나오지 않을 수도 있어. 그냥 모른 체해 주는 게 나아."

서율이는 언젠가는 아줌마도 괜찮아질 거라고 했다.

"과연 괜찮아지기는 할까?"

서율이가 밖을 내다봤다. 좀 전에는 괜찮아질 거라고 말하더니 금세 딴소리였다.

라면집 사장님은 한숨을 쉬며 2301호 아줌마가 앉았던 자리 탁자 위를 치웠다. 팅팅 불어 터진 라면 사이로 거뭇거뭇 쇠고기 같은 게 보였다. 그걸 보자 콧날이 시큰해졌다.

"며칠 전에 우리가 사진관에서 봤던 사진 말이야."

나는 라면을 먹으며 말했다.

"사진?"

"어떤 아줌마 사진을 보고 서율이 너도 어디서 본 사람 같다고 말했었잖아? 나도 그랬고. 생각 나?"

"아하, 맞아. 그랬었어."

서율이가 고개를 끄덕였다.

"사진 속 아줌마가 2301호 아줌마 같아. 사진 속 모습보다 지금 살이 너무 많이 빠졌지만."

"아, 생각해 보니까 그런 거 같아. 눈매며, 턱선이 딱 2301호 아줌마야. 세상에! 살이 그렇게 많이 빠질 수 있는 거야?"

서율이 눈이 동그래졌다. 나는 서율이 눈썰미에 놀랐다. 눈매며 턱선을 정확히 기억하고 있다니.

서율이는 그 뒤로 아무 말도 하지 않았다. 나도 아무 말 하지 않았다.

"그런데요, 뭣 좀 물어봐도 되나요?"

나는 라면집에서 나오며 라면집 사장님에게 다가갔다. 마침 손님이 없어서 라면집 사장님은 한가해 보였다.

"응? 뭔데? 물어 봐."

라면집 사장님은 입가에 웃음을 머금고 말했다.

"그 아줌마요."

나는 2301호 아줌마가 앉았던 자리를 눈으로 가리켰다.

"인터넷에 보니까 그 일 후에 그 아줌마가 이상해졌다는 댓글이 있었어요. 어떻게 이상해졌어요?"

그때 서율이가 내 옆구리를 툭 쳤다. 라면집 사장님 얼굴도 웃음기가 걷혔다.

"제가 너무 걱정이 되어서 그래요. 제가 그 아줌마 옆집에 살거든요. 아니, 사는 건 아니고요. 옆집이 우리 고모 집이고 저는 방학 동안에 고모 집에 와 있거든요. 그런데 밤이나 새벽에 우는 소리가 자꾸 들려서요."

"나는 그런 댓글을 다는 사람들 정말 이해를 못 하겠어. 그럼 그런 일을 당했는데 집이 완전 폭격을 맞은 듯 엉망이 되었는데 아무렇지도 않은 사람이 어디 있겠니? 우리 집에 와서 라면을 시켜 놓고 먹지도 않고 돌아가는 것도 다 소희 엄마 입장에서는 사정이 있는 거잖아? 그런 행동도 다른 사람 눈에는 이상하게 보일 수도 있겠지. 그런 걸 보면 아,

무슨 사정이 있나 보다 하고 생각하면 될 것을 꼭 댓글을 달고 그런다니? 나도 댓글 본 거 같다. 그 댓글 밑에는 정신을 놓았냐고 묻는 사람도 있더구나. 아휴."

라면집 사장님이 바닥이 꺼져라 한숨을 쉬었다. 서율이가 다시 내 옆구리를 쳤다.

"왜 그런 걸 물어? 울음소리가 들린다는 말은 또 왜 해?"

서율이가 얼굴을 찡그리며 말했다.

"그 울음소리가 2301호 아줌마 울음소리인지 아닌지 나여진 네가 확인을 한 것도 아니잖아?"

"틀림없어."

나는 서율이 말을 자르듯 힘주어 말했다.

"아무튼 어제는 진짜 걱정을 많이 했거든. 그런데 울음소리가 들리니까 마음이 푹 놓이더라고."

나는 그 이야기를 다시 한번 했다.

오늘따라 햇볕이 더 쨍했다. 하늘에는 구름 한 점 없었다. 하늘을 쳐다보는데 어지러웠다.

"배부르게 뭔가를 먹어도 어지러워. 한여름에는 먹지 않으면 큰일이라더니 그 말이 맞아."

나는 2301호 아줌마를 떠올렸다.

"누가 그런 말을 했어? 한여름에는 먹지 않으면 큰일이라는 말?"

서율이가 물었다.

"우리 할머니가. 여름에는 땀도 많이 흘리고 또 더위 때문에 지치기 때문에 더 잘 먹어야 한다고 그러셨어. 예전에 엄마가 다이어트를 한다고 며칠을 굶었거든. 그때 할머니가 옛날에 같은 동네에 살던 사람 이야기를 해 주셨어. 그때는 먹을 게 부족한 시절이었는데 그 사람은 먹을 것만 생기면 다 나이 드신 어머니 드리고 자기는 굶었대. 동네 사람들이 효도하는 건 좋지만 어머니 다 드리지 말고 조금이라도 먹으라고 했대. 그러면서 안타까운 마음에 먹을 걸 나눠 주고 했었대. 그런데 그 사람은 그것까지도 다 어머니를 드렸대. 가을도 견디고, 추운 겨울도 견디고, 봄도 견뎌 낸 그 사람은 진짜 더웠던 여름 어느 날 세상을 떠났대. 햇볕이 쨍한 하늘을 한 번 쳐다보더니 어지럽다는 말 한 마디를 남기고 말이야."

나는 말을 하며 눈을 한 번 감았다 떴다. 그러자 어지럼증이 사라졌다.

폭염

"절대 밖에 나가지 마. 어제랑 똑같이 폭염 주의보야. 오늘이 어제보다 더 기온이 높아."

고모가 출근하며 다짐을 주었다.

미지에게 전화가 왔다. 폭염 주의보 때문에 오늘 학원이 휴원이라고 했다. 미지는 학원이 휴원일 정도면 무시무시한 더위라고 말했다.

"연우랑 이대팔이 다니는 학원도 아마 휴원일 거야. 이따 여진이 너한테 놀러 갈까?"

나는 미지 말이 반가웠다.

"하지만 폭염 주의보인데 괜찮을까?"

반갑기는 반가운데 걱정도 되었다.

"지하철이랑 버스 안은 시원하겠지? 그리고 여진이 너희 고모 집도 에어컨 틀면 시원할 거 아니니? 밖에서 놀지 말고 집 안에서 놀면 되는 거지, 뭐."

"그래, 그럼 놀러 와……."

나는 목소리를 높이다 멈칫했다.

"왜? 무슨 일 있는 거야?"

미지가 물었다.

"그게 아니고 이대팔이 또 옷장 얘기를 할까 봐 그러지. 솔직히 말해서 자꾸 그런 얘기 들으면 기분 나쁘거든."

"내가 그런 말 하지 말라고 말할게."

미지는 절대 옷장 얘기는 나오지 않도록 하겠다고 말했다.

"여기 와서 점심 먹어. 내가 점심 사 줄게. 상가가 가까우니까 괜찮아. 상가 안도 무지하게 시원하거든. 내가 연우랑 이대팔에게 문자를 보낼게."

나는 신이 났다. 미지 전화를 끊고 나서 연우와 이대팔에게 문자를 보냈다. 다행히 연우와 이대팔이 다니는 학원도 오늘 휴원이라고 했다. 미지와 연우 그리고 이대팔은 12시까지 온다고 했다.

"뭘 먹을까?"

나는 곰곰이 생각했다. 김밥이랑 떡볶이가 좋을 거 같았다. 김밥이랑 떡볶이를 먹고 아이스크림을 사 먹으면 최고일 거 같았다.

- 지금 출발.

10시 30분쯤 미지에게 문자가 왔다.

- 이대팔에게 확실하게 말해. 그런 말 절대 하지 말라고.

나는 미지에게 당부했다.

- 걱정하지 마! 내가 가면서 계속 말할게.

미지 문자를 보고 안심이 되었다.

나는 11시 30분 정도 되었을 때 베란다로 나가 밖을 바라봤다. 10시 30분에 출발했으면 아직 도착할 시간은 아니었다. 12시가 다 되어야 도착할 수 있다. 그런데도 자꾸만 밖을 내다봤다. 폭염 주의보가 내려진 날씨라서 그런지 햇볕은 더 쨍쨍했다. 나무도 풀도 다 시들시들해 보였다.

"온다."

나는 자리를 박차고 일어났다. 저 멀리 미지와 연우 그리고 이대팔이 보였다. 나는 에어컨을 켰다. 아파트 입구 공동 현관에서 벨이 울렸다. 나는 재빨리 공동 현관문을 열어 주고 밖으로 나갔다.

땡.

엘리베이터가 23층에 멈추고 문이 열리면서 미지와 연우 그리고 이대팔이 내렸다.

"여진아!"

미지와 연우가 내 손을 한쪽씩 잡고 팔짝팔짝 뛰었다.

"야, 우리 동네가 아니라 다른 동네에서 만나니까 되게 반갑다."

이대팔이 말했다.

그때 2303호 현관문이 열리며 서율이가 나왔다. 서율이는 내 손을 잡고 있는 미지와 연우를 힐끗 바라봤다. 서로

소개를 시켜 주어야 하나 어쩌나 망설이고 있는데 서율이
는 엘리베이터를 타고 문을 닫았다.

"혹시 쟤?"

미지가 닫힌 엘리베이터 문을 턱으로 가리켰다.

"미지 너도 아는 아이야?"

이대팔이 물었다.

"아니, 알지는 못하지만 여진이가……."

"자, 들어가자. 들어가자."

나는 미지 말을 끊으며 현관문을 활짝 열었다.

"와, 시원하다. 냉장고 속에 들어온 거 같아."

연우가 소리쳤다.

미지와 연우 그리고 이대팔은 집 안 구경부터 했다. 고모 방을 볼 때 셋은 약속이나 한 듯 얼굴을 찡그렸다. 언제나 엉망진창인 고모 방이지만 오늘따라 더 엉망진창이었다.

"여진이는 좋겠다. 방학 동안 엄마 잔소리를 들을 일이 없잖아. 우리 엄마는 매일 잔소리 폭탄을 떨어뜨리는데."

연우가 날아가듯 소파에 몸을 던지며 말했다.

"자유지, 뭐. 집이 빈집이 되어서 그게 좀 문…… 아얏!"

이대팔이 말하는 순간 미지가 이대팔 팔뚝을 꼬집었다.

"너, 이렇게 더운데 점심도 굶고 혼자 집에 가고 싶어? 그러고 싶은가 보네."

미지가 이대팔에게 눈을 흘기자 이대팔은 냉큼 베란다로 달려갔다.

"이 집의 뷰는 어떤지 뷰를 좀 볼까?"

미지와 연우도 이대팔을 따라 베란다로 나갔다.

"어? 저기 좀 봐."

이대팔이 가리킨 곳은 놀이터였다.

"이렇게 뜨거운데 저 아줌마 왜 저러고 앉아 있어? 누가 누가 더 강한지 햇볕하고 싸우는 것도 아니고."

"누가?"

미지와 연우가 베란다 유리문에 얼굴을 들이밀었다.

"저기 놀이터."

"놀이터가 어디 있어?"

"저기, 놀이터가 다 보이지는 않고 조금 보이잖아. 그네, 그네 안 보여? 그네에 누가 앉아 있잖아? 이렇게 더운데 그네를 타고 싶을까? 저러다 일사병 걸리면 어쩌려고."

이대팔이 고개를 절레절레 저었다. 그네에 앉아 있는 사람은 2301호 아줌마였다. 순간 2301호 아줌마가 그네에서 일어났다. 그러더니 곧바로 다시 그네에 앉았다.

"비틀거리더니 주저앉았는데? 어디 아픈 건가?"

"에이, 이대팔. 여기는 23층이야. 저 아줌마가 비틀거리는지 어쩐지 안 보인다고."

미지가 말했다.

"미지 말이 맞아. 픽 쓰러진 것도 아니고 비틀거리는 게 보일 정도로 가까운 거리는 아니야."

연우도 말했다.

솔직히 말하면 나는 이대팔 말에 맞장구쳐 주고 싶지 않았다. 그러면 이대팔은 더 의기양양해할 거다. 멀리서 일어나는 일도 다 볼 수 있고 이상한 낌새도 알아차리는 예리한 눈을 가졌다고 할 거다. 그러면서 옷장이 어쩌고저쩌고 또 그 말을 할 수도 있다. 나는 모른 척하기로 했다.

"점심 먹으러 가자. 상가에 김밥집 있는데 김밥도 맛있고 떡볶이도 매콤달콤 맛있어."

나는 말을 돌렸다.

"와, 좋아."

미지와 연우 그리고 이대팔은 손뼉까지 치면서 점심 메뉴에 찬성했다.

2301호 아줌마는 그네에 앉아 있었다. 가만히 있기만 해도 어지러울 정도로 지글지글 끓는 날씨인데 말이다.

"저 아줌마 대체 왜 저래? 그네 타는 걸 엄청 좋아하나 보네. 아무리 좋아해도 그렇지. 저건 아닌 거 같은데?"

이대팔이 2301호 아줌마를 보며 얼굴을 찡그렸다.

"저러다 일사병으로 쓰러지면 어쩌냐?"

미지와 연우도 걱정했다.

김밥과 떡볶이를 먹으면서도 이대팔은 자꾸만 2301호 아줌마 얘기를 했다.

"좀 이상한 아줌마 아닐까? 그러니까 그러고 있지."

연우가 말했다.

"이상한 아줌마 아니야. 사정이 있어."

나는 이상한 아줌마라는 말에 나도 모르게 말했다.

"사정?"

미지와 연우 그리고 이대팔이 동시에 물었다. 나는 미지와 연우 그리고 이대팔에게 2301호 아줌마 이야기를 했다.

"어떻게 해……."

미지가 두 손으로 얼굴을 가리며 울먹였다.

"나도 그 교통사고 알아. 그 일이 있었을 때 우리 엄마가 굉장히 예민해졌었거든. 나와 내 동생이 어디 나가기만 하면 차 조심하라는 말을 계속 했거든. 횡단보도에서도 멀찌감치 떨어져 있으라고 하고 신호가 바뀌었다고 해서 절대 바로 길을 건너지 말라면서, 한 말 또 하고, 했던 말 다시 하고, 아후! 말도 마. 귀에 딱지가 앉아서 엄마가 옆에 없는데도 귀에서 엄마 목소리가 들리는 거 같았다니까."

연우가 한숨을 쉬며 말했다.

"그런데 정말 먹지 않고 매일 굶는 건 아니겠지?"

이대팔이 걱정이 가득한 표정으로 물었다.

"나도 그게 걱정이야."

나는 진심으로 말했다.

"그래도 옆집에서 들릴 정도로 소리 내서 우는 걸 보면 뭐라도 먹긴 먹는 거 아닐까? 힘이 없으면 울지도 못할 텐데."

미지는 제발 굶지는 않았으면 좋겠다고 말했다.

나와 미지 그리고 연우와 이대팔은 김밥과 떡볶이를 먹고 나서 편의점으로 갔다. 아이스크림 하나씩을 입에 물고 나오는데 갑자기 이대팔이 도로 편의점으로 들어가 아이스크림 하나를 더 들고 나왔다.

"하여간 이대팔 욕심은 알아줘야 해. 야, 너만 두 개 먹냐? 사려면 우리 것도 하나씩 더 사지."

미지가 입을 삐죽거리며 말했다.

햇볕은 한층 더 뜨거워졌다. 땀이 순식간에 흘렀다.

"저 아줌마 아직도 저러고 있네. 딸이 그네 타는 걸 되게 좋아했나 봐."

놀이터 앞을 지나오며 미지가 말했다.

그때, 이대팔이 갑자기 놀이터로 성큼성큼 다가갔다. 그러더니 조금의 망설임도 없이 2301호 아줌마에게 갔다. 이대팔은 아이스크림 비닐을 벗겨 내고 2301호 아줌마에게 아이스크림을 내밀었다.

나는 숨을 죽이고 2301호 아줌마를 바라봤다. 아줌마의 반응이 궁금했다. 가슴이 콩닥콩닥 뛰었다. 2301호 아줌마는 아이스크림은 받지 않고 이대팔을 바라봤다. 이대팔이 2301호 아줌마에게 뭐라고 말하는데 무슨 말인지 들리지는 않았다. 그래도 2301호 아줌마는 아이스크림을 받지 않았다. 이대팔이 옆에 있는 그네에 털썩 앉았다. 그리고 또 뭐라고 했다. 잠시 후, 2301호 아줌마는 아이스크림을 받았다. 그리고 잠시 망설이는 듯 하더니 아이스크림을 입에 넣었다. 이대팔은 아이스크림을 다 먹고 나서 그네에서 일어났다. 그러고는 2301호 아줌마에게 고개를 끄덕여 인사를 하고는 놀이터에서 걸어 나왔다.

"뭐라고 한 거야?"

미지가 이대팔에게 물었다. 이대팔이 미지를 향해 조용히 하라는 눈짓을 보냈다. 나와 미지 그리고 연우는 이대팔에게 집에 들어설 때까지 아무것도 묻지 않았다.

"그 아줌마한테 뭐라고 한 거야? 뭐라고 하니까 아이스크림을 받았어?"

집에 들어서자마자 미지가 물었다.

"별말 안 했어."

이대팔은 덤덤하게 말했다.

"처음에 아이스크림 드세요, 이러니까 안 받는 거야. 그래서 그냥 한 마디 더 했어. 아줌마가 일사병으로 죽을까 봐 걱정된다고. 진짜 진짜 걱정된다고. 그랬더니 아이스크림을 요러고 빤히 쳐다보더니 받더라고. 혹시라도 받고 안 먹을까 봐 내가 옆에서 지킨 거지."

"야, 너는 그런 말을 하면 어떻게 하니? 죽을까 봐라는 말을 왜 해? 그 아줌마가 그 말을 듣는 순간 딸이 생각났을 거 아니야?"

나는 이대팔을 원망했다.

"몰라. 나도 모르게 그 말이 튀어나왔어."

이대팔이 말했다.

"이대팔은 진심으로 그 아줌마가 일사병에 걸려 죽을까 봐 걱정이었나 보네."

연우가 이대팔 편을 들었다. 미지가 내 옆구리를 찔렀다. 그만하라는 뜻이었다.

눈송이가 사라졌다

폭염 주의보가 3일 동안 이어졌다. 그리고 3일 후에는 비가 쏟아지기 시작했다. 비가 내리니까 습도가 높아 더 후덥지근했다. 밤에도 깊은 잠을 잘 수가 없었다. 에어컨을 켜면 추웠고 끄면 더웠다.

미지와 연우 그리고 이대팔이 다녀가고 나서 나는 2301호 아줌마를 볼 수 없었다. 2301호 아줌마는 라면집에도 사진관에도 그리고 놀이터에도 나타나지 않았다. 하지만 한밤중이나 새벽에 울음소리는 들렸다. 나는 2301호 아줌마 걱정을 하다가도 울음소리를 듣고 안심했다.

'울음소리에 힘이 들어가 있어. 계속 굶으면 절대 저런 소리 안 나와.'

나는 미지가 했던 말을 기억했다. 그래도 2301호 아줌마가 뭐라도 먹고 있다고 생각했다.

미지와 연우 그리고 이대팔은 번갈아 가며 2301호 아줌마에 대해 물었다. 나는 얼굴은 볼 수 없지만 울음소리는 계속 듣고 있다고 말했다. 그리고 울음소리에 힘이 있다는 말도 했다.

이틀 동안 하늘에 구멍이 난 듯 쏟아지던 비가 뚝 그쳤다. 언제 비가 내렸냐는 듯 하늘은 한없이 파랬다. 비가 오고 나서인지 날씨도 조금은 덜 더운 거 같았다.

"오늘은 오랜만에 상쾌한 기분으로 출근할 수 있겠네. 계속 비가 내리니까 차도 더 막히고 힘들었어."

고모는 웃는 얼굴로 출근했다.

나는 아침으로 어제 고모가 사 온 샌드위치를 먹었다.

- 여진아.

샌드위치를 먹고 있는데 엄마에게 문자가 왔다.

- 한국 날씨 어때? 전 세계에서 폭염이 극성이라는데 엄청 덥지?

오늘 한 번만 더 집에 다녀와. 화분에 물 좀 주고 와. 할머니가 화분 걱정을 많이 하셔. 내 생각에는 괜찮을 거 같은데 말이야.

나는 할머니가 걱정한다는 말에 싫다고 할 수 없었다.
'연우를 부르면 이대팔을 부를 테지. 미지한테 같이 가자고 해야겠다.'
나는 미지에게 문자를 보냈다.

- 오늘 학원 몇 시에 가?
- 오후 3시에.
- 그럼 오전에 우리 집에 같이 가 줄래? 화분에 물만 주고 얼른 나올 거야.

미지는 답 문자를 좀 늦게 보냈다.

- 그래.

어쩐지 마지못해 답 문자를 보낸 거 같은 느낌이 들었다.

하지만 같이 가 준다는 미지가 말도 못하게 고마웠다.

- 현관문을 열어 놓고 있으면 안 무서울 거야.

미지가 문자 하나를 더 보냈다. 이런 문자는 안 보내는 게 더 고마운데.

나와 미지는 두 시간 뒤에 우리 아파트 놀이터에서 만나기로 했다. 세수를 하고 집에 갈 준비를 할 때였다.

딩동. 딩동. 딩동.

누군가 요란스럽게 초인종을 눌렀다. 쾅쾅쾅! 현관문이 부서져라 두드리기도 했다. 서율이었다.

"여진아, 우리 눈송이를 잃어버렸어. 우리 눈송이 못 봤어?"

서율이는 어쩔 줄 몰라 하며 팔딱팔딱 뛰고 있었다.

"눈송이?"

나는 놀란 눈으로 서율이를 바라보며 고개를 저었다. 나는 오늘 아침에 일어나서 한 번도 밖에 나와 보지 않았다.

"어디서 잃어버렸는데? 어쩌다가? 같이 찾아보자."

나는 서율이와 함께 밖으로 나왔다. 서율이 이모가 출근을 하면서 현관문을 꼭 닫지 않고 갔다고 했다. 베란다와 창문을 모두 열어 놓는 바람에 맞바람이 쳤고 꼭 닫히지 않은 현관문이 열리면서 눈송이가 나간 거 같다고 했다. 서율이는 23층부터 1층까지 계단으로 내려가며 다 찾아봤지만 눈송이는 없었다고 했다.

"공원에 간 거 아닐까?"

눈송이는 산책할 때 엘리베이터에서 내리면 공원까지 질주한다. 공원을 좋아하고 공원까지 가는 길도 잘 알고 있다.

"공원에도 가 봤어. 없어."

서율이 뺨을 타고 눈물이 줄줄 흘렀다.

나는 서율이와 함께 공원에 다시 가 봤다. 하지만 눈송이는 공원 어디에도 없었다. 서율이는 상가에 있는 가게마다 들어가 눈송이 생김새를 설명하며 못 봤느냐고 물어봤다. 눈송이를 본 사람은 없었다.

"어떻게 해야 하지?"

서율이는 뜨거운 햇볕이 내리쬐는 땅바닥에 쪼그리고 앉아 울었다.

"신고를 해야 하지 않을까?"

아무래도 그래야 할 거 같았다.

"어디에?"

서율이가 물었다.

"응?"

나는 말문이 막혔다. 어디에 신고를 해야 하는지 알 수 없었다.

"아, 맞다. 강아지를 잃어버리면 전단지 같은 걸 만들어서 붙이더라. 강아지 사진을 넣어 가지고. 강아지를 찾으면 뗄 테니까 제발 떼지 말라고 부탁하는 말도 써서."

나는 전단지를 본 기억을 떠올렸다.

"전단지는 어디서 만들어?"

서율이가 물었다. 나도 알 수 없었다. 뭘 어떻게 해야 할지 막막했다.

"일단 이러는 건 어때? 가까운 경찰서나 지구대에 찾아가서 네 전화번호를 남기자. 눈송이를 본 사람이 신고할 수도 있잖아? 경찰서나 지구대에 신고하는 건 아닐 수도 있지만 그래도 우리나라 사람들은 신고할 게 생기면 경찰서나 지구대에 제일 먼저 신고하잖아. 그리고 가까운 동물병원에도 말해 두자. 눈송이를 발견한 사람이 동물병원에 데리고 갈 수도 있잖아? 이 부근에서 눈송이를 발견했다면 이 동네에 사는 개라고 생각할 거야. 이 동네에 살면 이 동네에 있는 동물병원에 다닌다고 생각할 수도 있어."

서율이는 내 말에 눈물을 흘리고 고개를 끄덕였다.

"아참! 눈송이 칩은 있어?"

"아니, 방학 끝나고 집에 돌아가면 칩을 넣어 주려고 했었어. 그동안 집에 일이 있어서 못 했었어. 이럴 줄 알았으면 진작에 넣어 주는 건데. 이게 다 엄마 때문이야."

서율이가 소리 내어 울기 시작했다. 지나가던 사람들이 쳐다봐도 아랑곳하지 않았다. 서율이는 서럽게 울었다. 나는 서율이를 달래서 큰길 건너에 있는 지구대에 갔다가 동물병원에도 데리고 갔다. 서율이는 계속 울면서 다녔다.

다시 공원에도 가고 아파트 주변을 샅샅이 뒤지고 다녔다. 하지만 눈송이는 어디에도 없었다.

"지금 이런 말 하는 건 되게 미안한데 물이 너무 마시고 싶어. 우리 집에 가서 물 좀 마시고 오자. 급하게 나오느라고 카드도 돈도 안 가지고 왔거든."

나는 조심스럽게 서율이게 말했다. 옷은 땀으로 흠뻑 젖어 있었고 목은 타들어 가는 거 같았다. 서율이가 고개를 끄덕였다.

"잠깐! 혹시 우리 눈송이 집에 있는 거 아닐까? 어디 구석에 있는 걸 내가 못 본 거 아닐까? 눈송이가 커튼 뒤에서 잘 자거든."

나는 물을 마시러 고모 집으로 들어오고 서율이는 2303호로 들어갔다.

'제발 눈송이가 커튼 뒤에 자고 있는 기적이 일어났으면 좋겠다.'

나는 물을 마시면서 진심으로 바랐다.

"들어온 김에 옷 좀 갈아입고 가야겠다."

나는 방으로 들어갔다.

"이게 무슨 소리지?"

옷을 갈아입으려던 나는 멈칫했다. 우우우우웅! 소리가 났다.

"우는 소리?"

나는 벽에 귀를 댔다. 밤이나 새벽처럼 또렷하지는 않지만 우는 소리가 확실했다. 우는 소리는 더 커졌다. 벽을 뚫고 나올 정도였다. 가슴이 덜컥 내려앉았다. 2301호 아줌마에게 무슨 일이 생긴 게 확실했다. 나는 집에서 나왔다.

2301호로 가려던 나는 멈칫했다. 울음소리가 흘러나오는 방향이 2301호와는 달랐다. 울음소리는 2303호에서 났다. 나는 2303호 초인종을 눌렀다. 잠시 후 얼굴에 눈물범벅이 된 서율이가 현관문을 열었다.

"여진아……."

서율이는 말을 제대로 못 하고 울먹였다.

"집에도 눈송이 없어?"

"아니, 아니……."

서율이는 말을 잇지 못하고 울었다. 눈송이한테 무슨 일이 생겼다는 연락을 받은 건가? 내 심장이 마구 덜컹거렸다.

그때였다. 서율이 옆으로 검은 머리 하나가 툭하니 나타났다. 눈송이였다.

"끄응."

눈송이는 나를 보고 꼬리를 쳤다.

"이게 어떻게 된 거야?"

"눈송이가 집에 있었어. 아까는 아무리 찾아도 없었거든. 아마 커튼 뒤에 있었나 봐."

서율이가 말했다.

"아, 진짜 내 심장 떨어지는 줄 알았네. 눈송이가 있는데 왜 그렇게 울어?"

"너무 기뻐서. 너무 기쁘니까 눈물이 막 쏟아지는 거 있지. 통곡을 하게 되더라고."

서율이 얼굴이 붉어졌다.

"아무튼 눈송이를 찾아서 다행이야. 이걸 찾았다고 해야 하는 거 맞는 건지 잘 모르겠지만."

"찾았다고 하는 게 맞는 말 같아."

서율이가 조그맣게 말했다.

"그래. 찾아서 다행이야. 아차!"

나는 정신이 번쩍 들었다. 깜박 잊고 있었다. 나는 얼른 주머니 속에 넣어 둔 휴대폰을 꺼내 시간을 확인했다. 미지와 만나기로 한 시간에서 10분이 지나 있었다.

"어떻게 해. 미지가 우리 집 앞에서 기다리고 있겠네."

나는 미지에게 전화를 걸었다.

2301호 아줌마인 줄 알았는데

미지는 화를 내지 않았다. 그런 일이 있으면 미리 말해 주어야 하는 거 아니냐고 따지지도 않았다.

"얼마나 기뻤으면 그렇게 통곡을 하는 거처럼 울겠니."

미지는 이렇게 말했다.

미지와 전화를 끊고 났을 때였다. 머릿속이 번쩍하며 생각 하나가 번개처럼 스치고 지나갔다. 잊고 있었다. 깜박 잊고 있었다. 나는 집에서 나와 2301호 초인종을 눌렀다.

"여진아. 왜?"

서율이가 나왔다. 언제 울었냐는 듯 말간 얼굴이었다.

"이건 혹시나 해서 묻는 건데, 뭣 좀 물어봐도 돼?"

"뭔데? 물어 봐."

서율이가 눈을 깜박거리며 나를 바라봤다.

"혹시 너, 밤이나 새벽에 운 적 있니?"

나는 조심스럽게 물었다. 순간 서율이 얼굴이 빨개졌다.

'울었구나.'

나는 서율이 표정을 보고 알 수 있었다.

"이건 되게 중요한 문제야."

하지만 정확한 대답을 들어야 했다. 나는 중요하다는 말을 다시 한번 강조했다.

"내가 밤이나 새벽에 운 게 왜 중요한 문제야?"

서율이가 물었다. 내가 밤이나 새벽에 들었던 울음소리는 서율이의 울음소리였다. 맞다, 내가 지내는 방이 2303호와 맞닿아 있다. 그런데 나는 울음소리의 주인이 2301호 아줌마라고 믿고 있었다. 2301호와 고모 집 사이에는 비상계단이 있는데 말이다.

"내가 울음소리에 대해 말할 때 왜 모른 척했어?"

"그럼 울음소리 주인공이 나라고 말해? 내가 왜 너한테 솔직히 말해야 해?"

서율이는 빨개진 얼굴로 퉁명스럽게 말했다. 이건 정말

중요한 문제라고 다시 말하려다 말았다. 지금 그게 문제가 아니다. 2301호 아줌마가 문제다.

"나는 그 울음소리가 2301호 아줌마인 줄 알았어. 그래서 며칠 동안 아줌마가 안 보여도 걱정하지 않았단 말이야. 울음소리가 크면 클수록 안심했어. 아무 일도 없겠지?"

2301호 현관문 앞에 서는데 다리가 떨렸다. 나는 조심스럽게 2301호 초인종을 눌렀다. 대답이 없었다. 몇 번 더 눌러도 마찬가지였다.

"아줌마를 며칠 동안 못 봤는데?"

서율이가 물었다. 목소리에서 걱정이 뚝뚝 떨어졌다.

"내 친구들 왔을 때 보고 못 봤어."

나는 손가락을 꼽아 봤다. 4일째였다.

"서율이 너는 봤니?"

내 말에 서율이가 고개를 저었다.

나는 상가 라면집으로 갔다. 서율이가 줄레줄레 따라왔다. 점심시간이 다 되어서인지 라면집에는 손님들이 많았다. 라면집 사장님도 바빴다. 나와 서율이는 라면집 밖에서 손님들이 빠져나갈 때까지 기다렸다.

"아무 일도 없겠지?"

서율이가 물었다.

"없겠지."

말을 하는데 입안에 침이 바짝 말랐다.

라면집이 조금 한가해졌을 때 나와 서율이는 라면집으로 들어갔다.

"사장님. 그 아줌마 오셨었어요? 라면 두 개를 시켜 놓고. 아 맞다, 소희 엄마, 소희 엄마요."

"소희 엄마? 당연히 왔었지."

라면집 사장님 말에 쿵쾅대던 심장이 잠잠해졌다.

"언제요?"

나는 안도의 숨을 내쉬며 물었다.

"글쎄다. 한 사나흘 되었나?"

쿵쾅! 잠잠해졌던 심장이 다시 뛰기 시작했다. 라면집 사장님은 2301호 아줌마가 언제 왔었는지 정확하게 기억하지 못했다. 나와 서율이는 혹시나 하는 마음에 사진관으로 갔다. 하지만 2301호 아줌마는 없었다.

"2301호 아줌마 맞지?"

나는 저번에 봤던 사진을 가리켰다. 서율이가 한참 동안 사진을 뚫어져라 바라보더니 고개를 끄덕였다. 살이 엄청 빠지긴 했지만 2301호 아줌마가 확실했다. 소희는 2301호 아줌마와 많이 닮았다.

"관리실에 가서 말해 볼까? 2301호에 인터폰 해 달라고."

나와 서율이는 아파트 관리 사무소로 갔다.

"2301호 입주민이 며칠 동안 보이지 않는다고? 아니, 학생! 학생이 못 봤다고 해서 인터폰을 해 달라고 하는 건 아니지 않나? 학생이 2301호 입주민을 하루 종일, 24시간 동안 지켜본 것도 아닐 테고 말이야."

관리 사무소 직원은 무슨 말도 안 되는 소리를 하느냐는 표정이었다.

"인터폰 한 번 해 주시는 게 힘든 건 아니잖아요? 버튼 하나만 누르면 되는 거 아닌가요?"

나는 답답했다.

"학생, 버튼 하나 누르는 게 쉬운 게 아니야. 버튼 하나 잘못 눌렀다가 얼마나 힘든 일을 겪는 줄 알아? 알림 방송을 하는 것만 해도 그래. 낮에 하면 왜 낮에 하느냐, 그러면

직장에 나간 사람들이 못 듣지 않느냐, 이러고 따져. 초저녁에 하면 퇴근하고 집에 오면 8시가 다 되어 가는데 그렇게 방송을 일찍하면 어떻게 하느냐고 또 따져. 저녁 8시가 넘어서 방송하면 잠자는데 왜 깨우느냐고 야단이지. 공연히 인터폰 했다가 왜 낮잠 자는데 깨우느냐고 따지면? 요즘은 낮밤이 바뀐 사람들도 많은데……."

관리 사무소 직원은 고개를 흔들며 길게 말했다.

"2301호 아줌마에게 무슨 일이 생겼으면 아저씨가 책임지실 거죠?"

서율이가 물었다. '책임질 거예요?'도 아니고 '책임지실 거죠?' 이렇게 묻는 서율이 말에 관리 사무소 직원은 팔짝 뛰었다. 관리 사무소 직원은 2301호에 인터폰을 했다. 하지만 2301호 아줌마는 인터폰도 받지 않았다.

나와 서율이는 놀이터로 갔다.

"밤에 여기서 2301호를 보면 되겠다. 2301호에 불이 켜져 있으면 아줌마에게 아무 일도 생기지 않은 거고."

서율이가 말했다.

2301호 아줌마가 앉았던 그네에 앉았다. 엉덩이에 불이 붙는 듯한 느낌이었다. 나는 벌떡 일어났다. 오늘보다 더 뜨거운 날, 아무렇지도 않게 오래오래 여기에 앉아 있던 2301호 아줌마.

'사진관이 소희와 추억을 만든 곳이고 라면도 그렇고 이 그네도 아줌마와 소희의 추억이 있는 곳이야.'

문득 눈가가 시큰해졌다.

"라면 좀 먹으라고 말해 줄걸."

나는 중얼거렸다. 그러지 못했던 게 후회가 되었다.

"응?"

서율이가 나를 바라봤다.

"라면 두 그릇을 놓고 앉아 있을 때 말이야. 라면 먹으라고 말해 주는 건데."

"여진이 네가 먹으라고 한다고 먹니? 안 먹었을 거야."

서율이가 고개를 저었다.

"내 친구 이대팔이 준 아이스크림은 먹었거든."

"누가? 2301호 아줌마가?"

"응. 나와 미지 그리고 연우는 안 먹을 거라고 생각했었어. 이대팔이 아무리 먹으라고 해도 절대 안 먹을 거라고 말이야. 그런데 먹었어."

"이대팔이 뭐라고 말하면서 아이스크림을 줬는데?"

서율이는 놀란 표정이었다.

"일사병에 걸려 죽으면 어떻게 하느냐고 말했대."

"뭐어? 진짜 그렇게 말했대? 그렇게 말하는 거 예의 없는 거 아니니?"

서율이는 입을 떡 벌렸다. 서율이 말대로 그렇게 말하는 건 예의 없는 거다. 특히 2301호 아줌마 앞에서는 더 그렇다. 아줌마는 '죽음'이라는 말만 들어도 마음이 아플 텐데 말이다. 내가 이대팔이었다면 절대 그런 말을 못했을 거다. 아줌마 앞에서 죽음이라는 말을 절대 꺼내지 않는게 그 아줌마에 대한 배려고 예의니까. 하지만 이대팔은 그 말을 했고 아줌마는 아이스크림을 먹었다. 나도 그럴 걸 하는 후회가 파도처럼 밀려들었다. 라면을 먹는 걸 봤더라면 이렇게 걱정은 되지 않을 텐데.

나와 서율이는 밤에 다시 놀이터에 오기로 했다.

"만약 불이 켜지지 않는다면 신고하기."

나는 서율이에게 말했다. 서율이도 그러겠다고 말했다.

집으로 오는 길에 다시 2301호 초인종을 눌러 봤다. 2301호 현관문은 열리지 않았다.

집으로 들어오자마자 이대팔에게 전화가 왔다.

"이런 말을 해야 하나, 말아야 하나."

전화를 받자마자 이대팔은 혼잣말처럼 중얼거렸다. 그때 전화기 너머에서 무슨 소리가 들렸다. 이대팔 옆에 누가 있는 거 같았다. 나는 집중해서 귀를 기울였다.

"하지 마! 하지 말라고!"

속삭이는 소리였지만 분명 하지 말라는 소리였다.

"해야 하나, 말아야 하나."

이대팔이 또 같은 말을 했다. 또 속삭이는 소리가 들려왔다.

"연우야."

나는 연우를 크게 불렀다. 보나 마나 연우일 거라는 느낌이 들었다.

"어? 내가 있는 줄 어떻게 알았어?"

연우 목소리가 들렸다.

"무슨 말인지 말해 봐."

나는 아무렇지도 않은 듯 덤덤하게 말했다. 하지만 내가 없는 사이 부쩍 친해진 이대팔과 연우에게 뭔가 좀 서운했다. 서운해할 필요가 없는데 말이다.

"어젯밤에 또 연우가 소리를 들었대."

"또 그 이야기야?"

나는 이대팔이 말하기 무섭게 소리를 질렀다.

"이제 며칠 있으면 우리 가족이 여행에서 돌아와. 우리 집에 있는 그 사람한테 딱 기다리라고 전해 줘. 아무 데도 가지 말고 우리 집 옷장에서 숨어 있으라고 해. 알았어?"

"나보고 그 말을 전하라고? 너희 집에 있는 사람한테?"

"그래!"

나는 전화를 뚝 끊어 버렸다.

"연우 진짜 왜 그래? 이대팔은 또 왜 그래?'

전화를 끊고 나서도 화가 계속 났다. 잠시 잊고 있었던 옷장에서 삐져나온 옷자락이 떠올랐다. 꿈에서 느꼈던 물컹한 느낌도 손끝에서 되살아났다. 나는 엄마에게 전화를 했다. 유럽은 지금 몇 시인지 그런 거 따지고 싶지도 않았다. 엄마가 잠들었다 깨면 어쩌나 그런 것도 걱정하고 싶지 않았다. 내가 말 한마디 잘못해서 여행을 망치면 어쩌나 그런 생각도 하고 싶지 않았다.

"어머, 여진아. 무슨 일 있니?"

엄마가 놀라서 전화를 받았다. 가족들이 여행을 떠나고 나서 내가 먼저 전화한 건 처음이었다. 엄마가 놀라는 건 당연했다. 엄마 목소리를 들으니까 눈물이 왈칵 쏟아졌다.

"엄마, 언제 와?"

나는 눈물을 삼키며 물었다.

"언제 가기는…… 며칠 있으면 가지. 왜, 무슨 일 있어?"

"아니, 아무 일도 없어."

나는 노랫소리니 옷장이니 이런 말은 할 수 없었다.

"에구, 우리 여진이가 할머니랑 엄마 아빠가 보고 싶은 모양이구나? 우리 여진이, 다 큰 줄 알았는데 아직 아기네. 크크크."

엄마가 웃었다. 엄마가 웃으니까 가슴 중간에 버티고 있는 정체를 알 수 없는 딱딱한 불안감 같은 게 사르르 녹는 기분이었다. 다른 때 같으면 아기라는 말은 듣기 싫었을 거다. 하지만 오늘은 아기라는 말이 듣기 좋았다.

주인이 따로 있는 라면

2301호에는 불이 켜지지 않았다. 서율이와 둘이 밤 늦게까지 지켜봐도 2301호는 캄캄했다. 나와 서율이는 아침이 되면 신고를 하기로 했다.

잠이 오지 않았다. 새벽이 되자 비가 쏟아지기 시작했다. 천둥 번개도 쳤다. 나는 어두운 집 안을 돌아다녔다. 불안해서 누워 있을 수도 없었다. 나는 고모 방으로 갔다. 고모는 코를 골며 자고 있었다.

'고모한테 말해 볼까?'

누군가에게 말을 하고 나면 덜 불안할 거 같기도 했다. 하지만 고모가 너무 곤하게 자고 있어서 도무지 깨울 용기가 나지 않았다.

"으악!"

앉아서 고모를 가만히 쳐다보고 있는데 고모가 기절할 듯 놀랐다. 고모 비명 소리에 나도 덩달아 놀랐다.

"여진이니? 여진이 맞지?"

고모는 벌떡 일어나 떨리는 목소리로 물었다.

"맞아요."

"너, 왜 이러고 있어? 눈을 딱 떴는데 번득이는 눈동자 두 개가 보여서 귀신인 줄 알았잖아?'

고모가 불을 켜고 시계를 봤다.

"일어날 시간에 잘 일어났네. 오늘 새벽에 나가 봐야 하거든. 그런데 여진이 너는 왜 잠 안 자고 여기서 이러고 있었니?"

고모는 길게 기지개를 켜며 물었다.

"2301호 아줌마요. 며칠 동안 안 보여요. 2301호에 인터폰을 해도 안 받고 초인종을 눌러도 마찬가지예요. 밤에 밖에서 확인했는데 불도 안 켜요. 무슨 일 있는 걸까요?"

"집에 없나 보네. 나여진, 너는 왜 그 아줌마가 어디에 갔을 거라는 생각은 안 해?”

고모는 욕실로 가며 말했다.

고모는 날이 밝기 전에 출근했다. 날이 밝으면서 천둥 번개는 더 요란해졌고 빗줄기도 더 굵어졌다.

- 몇 시에 신고할까?

나는 서율이에게 문자를 보냈다. 서율이한테서는 답 문자가 오지 않았다. 서율이가 조용하자 내 마음은 더 초조해졌다. 지금 당장 신고를 하지 않으면 큰일이라도 나는 거 같았다. 나는 조급해진 마음을 진정시키려고 심호흡을 하며 베란다로 나갔다.

“어?”

밖을 내다보던 나는 내 눈을 의심했다.

“2301호 아줌마?”

나는 손등으로 눈을 문질렀다. 우산을 쓰고 있어서 얼굴은 확인할 수 없었지만 흰 줄이 있는 빨간 운동화가 보였다. 2301호 아줌마가 신고 다니는 운동화였다. 나는 흰 줄

이 있는 빨간 운동화를 신은 사람이 보이지 않을 때까지 지켜봤다.

- 조금 있다가 신고하자. 그런데 경찰서로 직접 가서 신고해야 하니? 아니면 112로 해야 하니?

그때 서율이에게 문자가 왔다. 나는 2303호로 갔다. 서율이 이모는 출근하고 없었다.

"혹시 너희 이모한테 말해 봤어?"

나는 서율이에게 우리 고모 반응을 말하며 물었다.

"아니, 나는 이모한테는 말 안 했어. 나는 무슨 일이 있다고 해서 곧바로 누구한테 말하고 그러지 않거든. 그런데 어떤 식으로 신고해야 해?"

"내가 좀 전에 2301호 아줌마 같은 사람을 봤거든?"

"그래? 그런데 2301호 아줌마면 아줌마고 아니면 아닌 거지 아줌마 같은 사람은 뭐야?"

서율이가 고개를 갸웃거렸다. 나는 우산 때문에 얼굴은 못 봤고 운동화만 봤다는 말을 했다.

"나갔으면 오겠지?"

갑자기 내 머릿속이 환해졌다. 나는 재빨리 2303호에서 나와 2301호로 갔다. 일단 초인종을 눌러봤다. 안에서는 아무 소리도 들리지 않았다.

"여기서 기다려 보려고?"

서율이가 물었다.

"언제 올 줄 알고? 그리고 같은 운동화를 신은 사람도 있지 않을까? 여진이 네가 본 사람은 2301호 아줌마가 아닐 수도 있어. 물론 그 아줌마라면 좋겠지만……."

그때였다.

땡.

엘리베이터가 23층에 멈췄다. 엘리베이터 문이 열리는 순간 나와 서율이는 서로를 마주 봤다. 엘리베이터에서 2301호 아줌마가 내리고 있었다. 2301호 아줌마는 아무 말 없이 집으로 들어갔다. 나와 서율이가 2301호 앞에 서 있는데 말이다. 무슨 볼일이 있느냐고 한 마디 물어보지도 않고 단 한 번 쳐다보지도 않았다.

"영혼이 없는 사람 같아. 눈동자가 말이야. 초점이 없어."

서율이가 말했다. 나도 서율이와 같은 생각을 했었다. 2301호 아줌마 얼굴에는 아무런 표정도 없었다.

"살도 더 빠진 거 같아."

서율이가 또 말했다.

나와 서율이는 2301호 현관문 앞에 한참 서 있다 돌아섰다. 그 순간 서율이 휴대폰이 울렸다. 휴대폰을 확인하는 서율이 얼굴이 일그러졌다. 서율이는 내게 손을 흔들어 보이고는 2303호로 들어갔다.

"엄마 마음대로 하라고! 여태까지 엄마 마음대로 했잖아? 내가 아빠를 보고 싶어 하거나 말거나 엄마 언제 내 마음에 신경 쓴 적 있어? 엄마가 아빠를 내쫓은 거잖아? 나하고 눈송이는 절대 집에 안 가. 방학 끝나도 안 가."

서율이가 악을 쓰며 소리치는 소리가 현관 밖으로 흘러나왔다.

점심 무렵이 되자 비가 그쳤다. 언제 비가 내렸냐는 듯 하늘은 한없이 높고 파랬다. 나는 집에서 나왔다. 2301호 아줌마를 찾아보기로 했다.

"아줌마다!"

나는 2301호 아줌마를 쉽게 찾았다. 아줌마는 라면집에 있었다. 2301호 아줌마를 보는 순간 얼마나 반가운지 눈물이 쏟아졌다. 아직 본격적인 점심시간이 아니라 라면집은 조용했다. 라면집 사장님이 막 탁자에 라면 두 그릇을 올려놓고 있었다. 나는 눈물을 훔친 다음 2301호 아줌마에게 다가갔다.

"앉아도 돼요?"

나는 2301호 아줌마에게 물었다. 2301호 아줌마가 고개를 들어 나를 바라봤다. 나는 가슴 저 아래에서 터져 나오는 신음 소리를 겨우 삼켰다. 가까이에서 정면으로 바라본 아줌마 얼굴은 얼핏 보던 얼굴과는 달랐다. 금방이라도 쓰러질 거 같은 얼굴이었다. 그런 얼굴을 보자 마음이 초조해지고 급해졌다.

"앉아도 되죠?"

나는 2301호 아줌마 대답을 기다리지 않고 앉았다.

"저, 이거 먹어도 돼요?"

나는 라면을 가리켰다. 그러자 2301호 아줌마가 이맛살을 찡그렸다.

"그건 네가 먹을 라면이 아니야. 주인이 따로 있어."

아줌마가 천천히 말했다. 목소리가 금방이라도 허공으로 날아오를 듯 힘이 없었다.

"저도 알아요. 저를 위해서 시킨 라면이 아니라는 걸. 그런데요."

나는 자리를 고쳐 앉았다. 긴장이 되었다. 생각해 보니 나는 2301호 아줌마 성격에 대해 알지 못했다. 화를 벌컥 내면 어쩌나 걱정도 밀려왔다. 하지만 나는 두 눈을 질끈 감았다 뜨며 마음을 다잡았다.

"제가 아줌마 때문에 어제저녁부터 아무것도 먹지 못했거든요. 어제 저녁도 굶고 오늘 아침도 굶었어요. 아, 맞다. 어젯밤에는 한숨도 못 잤어요."

"나 때문에?"

2301호 아줌마가 나를 빤히 바라봤다.

"제가 이러면 아줌마는 남의 일에 참견하지 말라고, 간섭하지 말라고 말씀하실 수 있어요. 참견이라고 해도 좋고 간섭이라고 해도 괜찮아요. 그런데요. 자꾸자꾸 아줌마가 걱정돼요. 아줌마가 계속 굶어서 죽으면 어떻게 하나……."

나는 말을 멈췄다. 이대팔이 했던 말이 나도 모르게 나왔다.

"아니, 그러니까 사람은 먹어야 살잖아요. 얼마 전에 아줌마가 엘리베이터 안에서 비틀거렸잖아요? 엘리베이터가 움직인다고 해서 비틀거리는 사람이 어디 있어요? 그만큼 힘이 없다는 뜻이지요. 그날 이후로 자꾸만 자꾸만 걱정이 된다고요. 아줌마가 며칠 동안 안 보여서 걱정 많이 했어요."

2301호 아줌마 표정이 확 변했다. 화가 난 거 같기도 하고 아닌 거 같기도 했다.

"먹어라."

2301호 아줌마가 말했다. 목소리가 떨렸다.

"먹어. 배고플 텐데."

"고맙습니다."

나는 젓가락을 들었다. 그리고 라면을 마구마구 입에 넣었다. 맛있게 먹는 모습을 보여 주고 싶었다.

"아줌마도 같이 먹어요. 아줌마가 사는 라면인데 혼자 먹으면 좀 그렇잖아요."

나는 2301호 아줌마 손에 젓가락을 들려 주었다. 2301호 아줌마는 라면을 휘휘 저었지만 겨우 몇 가닥만 먹었을 뿐

이었다. 몇 가닥이라도 먹으니까 안심이 되었다.

나는 라면집에서 나와 2301호 아줌마와 나란히 걸었다.

"내일은 제가 라면 살게요. 우리 할머니가 그러셨거든
요. 남한테 얻어먹었으면 갚을 줄도 알아야 한다고. 맨날
얻어먹고 받기만 하면 사람도 아니래요. 내일 라면집에서
12시에 만나요."

"괜찮아. 그러지 않아도 돼."

2301호 아줌마가 고개를 저었다.

"아줌마는 제가 사람이 아닌 사람이면 좋겠어요? 우리 할머니는 절대 그런 사람이 되어서는 안 된다고 했어요."

아줌마는 확실한 대답은 하지 않고 집으로 들어갔다.

'내일 안 오면 어떻게 하지?'

하지만 일단 2301호 아줌마가 무사하다는 걸 알게 되어 다행이었다. 나는 2303호로 갔다. 그리고 서율이에게 좀 전에 있었던 일을 말했다.

"진짜? 와, 나여진. 어떻게 그렇게 할 생각을 했어?"

서율이는 놀라워했다.

"내일 그 아줌마가 라면집으로 나올까?"

"나도 잘 모르지."

"서율이 너도 내일 같이 갈래?"

내 말에 서율이는 싫다고 했다. 아무래도 자기는 빠지는 게 좋을 거 같다고 했다. 그리고 내일은 다른 라면을 시키라고 했다. 아줌마가 시키는 라면은 아줌마와 아줌마 딸의 추억이 깃든 라면이니까 다른 아이가 그걸 먹는 걸 마음속으로는 싫어할 거라고 말이다. 서율이 말이 그럴듯했다.

우리 사이, 라면 같이 먹는 사이

11시 50분에 집에서 나왔다. 정확하게 12시, 라면집으로 들어갔다. 2301호 아줌마는 보이지 않았다. 10분이 지나고 20분이 지나도 나타나지 않았다. 초조했다. 기다리는 걸 포기하고 일어서려는 순간 2301호 아줌마가 라면집으로 들어왔다. 2301호 아줌마는 내 앞에 앉았다. 많이 기다렸냐, 늦어서 미안하다, 이런 말은 하지 않았다.

잠시 후 라면집 사장님이 라면 두 그릇을 들고 나타났다.

"어? 오늘은 제가 사는 건데."

나는 라면집 사장님을 바라봤다.

"그럼 오늘은 이 라면이 아닌 건가?"

라면집 사장님이 당황해했다.

"이 라면도 괜찮으면 먹어."

2301호 아줌마가 말했다.

"같이 먹어요."

나는 2301호 아줌마 손에 젓가락을 쥐어 주었다. 2301호 아줌마는 어제보다는 라면을 조금 더 많이 먹었다. 어제는 몇 가닥만 먹었을 뿐인데 오늘은 몇 젓가락을 먹었다. 라면을 먹으며 2301호 아줌마가 이사 왔느냐고 물었다. 나는 방학 동안에 고모 집에 와 있는 거라고 말하고 우리 고모가 얼마나 지저분한지 설명했다. 그것도 아주 길게. 고모한테는 미안했지만 2301호 아줌마와 마주 앉아 무슨 말을 해야 하나 고민이었는데 고모 흉을 보니까 말이 술술 나왔다.

라면값은 이미 계산이 되어 있었다.

"내일은 제가 살게요."

나는 2301호 아줌마와 다시 내일 만나기로 약속했다.

아줌마와 나는 친해졌다. 친해졌다는 건 나만의 착각일 수도 있다. 내가 매일매일 약속을 만들었고 2301호 아줌마는 마지못해 약속 장소에 나타나는 거 같았으니까.

'친해지지 않았으면 또 어때.'

중요한 건 2301호 아줌마가 이제 라면 한 그릇을 다 먹는다는 것이다.

"이렇게 계속 라면을 먹어도 괜찮아? 안 질려?"

어느 날 2301호 아줌마가 물었다.

"저는 라면이 세상에서 제일 좋거든요. 아마 집에 가서도 라면을 먹을 때마다 아줌마가 생각날 거 같아요."

"그래. 나도 라면을 먹으면 여진이 네가 생각날 거 같구나."

2301호 아줌마가 말했다.

서율이도 자연스럽게 라면을 같이 먹는 사이가 되었다. 나와 2301호 아줌마가 라면을 먹고 돌아오다 엘리베이터 앞에서 서율이와 눈송이를 만났었다. 눈송이는 천재견이었다. 2301호 아줌마를 보자마자 친한 척이었다. 몸을 낮추고 꼬리를 흔들어 댔다. 아줌마는 개를 좋아했다. 눈송이 덕분에 서율이와 2301호 아줌마도 단박에 친해졌다.

오늘 나와 서율이는 2301호 아줌마와 마지막으로 라면을 먹었다. 그리고 사진관에 가서 사진도 찍었다. 사진을

찍을 때는 눈송이도 같이 찍었다.

"주말마다 놀러 올 거예요."

사진을 나눠 가지며 서율이가 아줌마에게 말했다.

"저도요."

나도 말했다. 2301호 아줌마가 나와 서율이를 보며 웃었다. 2301호 아줌마가 웃는 건 처음 봤다. 아줌마가 웃는 모습을 보니까 마음이 편했다. 어쩐지 주말마다 2301호 아줌마가 나와 서율이를 눈이 빠지게 기다릴 거 같았다.

"만나는 날에 라면 먹기, 어때요?"

나는 2301호 아줌마에게 물었다. 2301호 아줌마가 고개를 끄덕였다.

2301호 아줌마가 집으로 돌아가고 난 후, 나는 2303호에 가서 한참 동안 놀았다.

"상처는 함부로 건드리면 안 되는 거 맞아. 우리 고모 말대로 덧날 수 있거든. 상처를 건드리는 손이 더러우면 덧나는 거야. 나쁜 바이러스가 들어가니까. 하지만 상처는 소독이 필요할 수도 있어. 소독하지 않고 그냥 두면 건드리지 않아도 덧날 수 있거든."

나는 서율이에게 말했다.

"2301호 아줌마 말하는 거지? 그럼 여진이 너랑 나랑은 2301호 아줌마의 소독약이 된 거네?"

나와 서율이는 마주 보고 웃었다.

"드디어 집에 가는구나. 우리 고모가 잠귀가 되게 밝아서 좀 불편했거든. 내가 밤에 조금만 움직여도 다 알아."

"우리 이모는 정반대야. 한번 잠들면 아무 소리도 안 들리나 봐."

나도 그럴 거라고 짐작은 했다. 서율이 이모는 서율이가 그렇게 우는 걸 모르고 있을 거다. 서율이 이모는 다정한 성격이었다. 다정한 성격인 사람이 조카가 우는데 모른 척 할 리는 없으니까.

나는 서율이와 헤어지면서 울음소리에 대해서는 아무 말도 하지 않았다. 나는 고모 집으로 돌아와 서율이에게 문자를 보냈다.

- 우리 엄마 아빠가 이혼한다고 집도 팔아 버린 적이 있었어. 그때 나는 여름 방학 내내 고모 집에서 보냈어. 이혼한다고 집을 팔아

버린 이유가 뭔지 알아? 우리 엄마가 치약을 중간부터 짜서 쓴다는 이유였어. 아빠는 그걸 참을 수 없다고 했지. 하지만 결국은 이혼하지 않았어. 치약은 대신 짜 주면 된다고 했어. 그래서 어떻게 되었냐고? 엄마랑 아빠는 팔아 버린 집 때문에 또 싸우긴 했지만 다른 집을 샀어. 중요한 건 지금 같이 여행도 다닌다는 거야.

서율이는 내 문자에 답을 보내지 않았다. 나는 서율이 답을 기다리지 않았다. 서율이가 이제 울지 않았으면 좋겠다는 생각을 했다.

아침 일찍 일어나 고모와 함께 집에서 나왔다. 나는 놀이터 앞에서 아파트를 바라봤다. 2301호 쪽으로 자연스럽게 눈이 갔다. 베란다 안으로 2301호 아줌마가 보이는 거 같았다. 나는 손을 흔들었다.

"누구한테 손을 흔드는 거야? 서율이? 서율이는 아까 새벽에 눈송이인지 누군지랑 같이 나가는 거 같던데. 내가 차에 뭣 좀 가지러 갔다 올 때."

"알아요. 새벽에 간다고 했어요."

"그럼 누구한테 손을 흔드는 거야? 어디를 보고 흔드는
거야?"

"있어요. 새로 생긴 라면 친구. 가요, 고모."

나는 뒤돌아서서 씩씩하게 걸었다.

에필로그

　엄마는 옷장을 벌컥 열고 옷장 사이에 낀 옷을 집어 들었다. 옷장 안에는 아무도 없었다. 나는 일부러 밖으로 나갔다가 도로 집으로 들어왔다. 할머니와 엄마 그리고 아빠가 있는 집에서는 원래 우리 집 냄새가 났다. 나는 더 이상 우리 집이 무섭지 않았다. 연우가 들었다는 소리는 영원히 미스테리로 남을 거 같다. 아! 서율이에게 문자가 왔다. 내가 보낸 문자에 대한 답은 아니었다. 그냥 주말이 기다려진다는 문자였다. 나는 이번 주말에 서율이를 만나면 어깨를 따뜻하게 감싸 주어야겠다는 생각을 했다. 왠지 그러고 싶었다. 그리고 서율이와 어깨동무를 하고 2301호에도 놀러 가야겠다.

얼마 전의 일이에요. 같은 아파트에 사는 이웃에게 무서운 일이 닥쳤어요. 휴일이면 언제나 온 가족이 나들이를 가던 화목한 집이었어요. 시장에도 가족들이 같이 가고 항상 웃는 얼굴의 이웃이었어요. 그중에서 중학생 아들은 유난히 밝은 아이였어요. 그런데 술을 마시고 운전하던 사람이 몰던 자동차에 그 가족 중 엄마가 목숨을 잃었어요. 그런 일이 일어나고 난 후 좀처럼 그 가족의 모습은 볼 수 없었어요. 어디로 꽁꽁 숨어 버린 거처럼 말이에요.

그러던 어느 날이었어요. 중학생 그 아이를 버스 정류장에서 봤어요. 학교에 있어야 할 시간인데 버스 정류장에 멍하니 앉아 있었어요. 가까이 다가가 그 아이를 봤을 때 나는 깜짝 놀랐어요. 얼굴이 한없이 어둡고 머리부터 발끝까지 예전과는 많이 달랐어요. 어쩐지 학교에도 다니지 않는 듯한 느낌을 받았어요.

참 미안했어요. 이웃이면서 그 아이 가족에게 닥친 일을 나 몰라라 하고 있었던 거예요. 나는 그 아이 옆에 조용히 앉아 한참을 있었어요. 타야 할 버스도 몇 대나 그냥 보내고요. 한참을 그러고 있자 그 아이가 힐끗 바라봤어요. 나는 마주친 그 아이 눈을 오랫동안 피하지 않고 바라봤어요. 처음엔 어색했어요. 그 아이도 어색해 보였어요. 한참 후에 그 아이 눈에 눈물이 고였어요. 나도 덩달아 눈물이 났어요.

그날 이후로 그 아이는 나를 보면 보일 듯 말 듯 웃어요. 나는 슬그머니 그 아이 손에 초콜릿을 쥐여주기도 해요. 요즘은 그 아이와 조금 더 가까워졌어요. 내가 해 주는 일은 별로 없어요.

"내가 옆에서 너를 지켜보고 있어. 넘어지려는 순간이 오면 잡아도 돼."

내가 그 아이에게 해 주고 싶은 말은 이 말이에요.

그 아이가 힘냈으면 좋겠어요.

'수상한 옆집'은 그 일이 씨앗이 되어 세상에 나왔어요. 2301호 아줌마도 힘냈으면 좋겠어요. 그러기 위해서는 이웃들의 관심이 필요해요. 아주 따뜻한.

동화작가 박현숙

북멘토 가치동화 65

수상한 옆집

1판 1쇄 발행일 2024년 11월 28일 **1판 2쇄 발행일** 2024년 12월 6일

글쓴이 박현숙 **그린이** 유영주 **펴낸곳** (주)도서출판 북멘토 **펴낸이** 김태완

편집주간 이은아 **편집** 김경란, 조정우 **디자인** 안상준 **마케팅** 강보람 **경영기획** 이재희

출판등록 제6-800호(2006. 6. 13.)

주소 03990 서울시 마포구 월드컵북로 6길 69(연남동 567-11) IK빌딩 3층

전화 02-332-4885 **팩스** 02-6021-4885

🔵 bookmentorbooks.co.kr ✉ bookmentorbooks@hanmail.net

📷 bookmentorbooks__ Ⓑ blog.naver.com/bookmentorbook

ⓒ 박현숙 2024

ISBN 978-89-6319-617-6 73810